輕世代
FW106

擁有校花等級的美貌，但是與排名全校第一的弟弟相反，是個傻乎乎的可愛大姐，總是快快樂樂地活著。而外表看似嬌弱的姚子實，任誰也無法將小鎮上的英雄——繁星騎警和她聯想到一起。

姚子賢，十七歲，有夢想。

平日裡給人沉默冷淡的印象，更身具全校第一名榮銜，十八般武藝樣樣精通，品學兼優的外表之下卻隱藏著無人知曉的秘密。當他穿起黑色披風，戴上可怕面具，此刻他搖身一變，化身為邪惡侵略組織最詭計多端的首席智囊——厄影參謀。

邪惡侵略組織「黑暗星雲」的核心人物，效力於大魔王陛下，統籌著整個組織的運作發展，是黑暗星雲中最認真盡責的模範幹部。

性格冷酷，一絲不苟，以強勢的作風率領著黑暗星雲，即使屢屢受挫於繁星騎警，依舊百折不撓。然而在歷經無數次的失敗後，即使堅毅如冷夜元帥，也逐漸感到焦躁起來。

路怡千

姚家姐弟的青梅竹馬。女大十八變，過去在姚子賢記憶中那小男孩似的鄰居，如今已長得亭亭玉立，更是一純高中女籃隊長，在學校裡擁有廣大的男女粉絲。

雖然性格直率爽朗、有話直說，然而女孩兒家總有些祕密心思，尤其近來當小千開始意識到「他」的存在之後，更是難以把持住自己了。

姐姐是地球英雄，弟弟我是侵略者幹部

目錄

PRODUCTION

姐姐是地球英雄，弟弟我是侵略者幹部

怪人青蛞蝓，突襲登場

01

一回過神來，這才發現耳邊響起的是放學的鐘聲，我的肩膀被人猛力一拍。

「喂！姚子賢，放學啦，要不要一起去打球？」

「啊，不了，等等我還有事。」

「看你剛剛怎麼一副出神出神的樣子？該不會……是在想妹吼？」

「你們不要胡說，像姚子賢這種品學兼優的好學生，怎麼可能跟你們這些臭男生一樣沒大腦？」

「就是說嘛，不要把年級第一名跟你們這些人的腦袋相提並論好嗎？」

正當我尚不知如何反應，幸虧還留在教室裡的女同學們幫我解了個危，我朝她們友善地笑了一笑，算是致謝，然而女孩子們不知為何開始吃吃笑了起來。

身旁的男生們用不以為然的吃味語氣說：

「品學兼優的好學生，還不是會在上課發呆！」

「亂講，你看人家剛剛一直看著黑板，一定是在思考老師剛剛出的問題怎麼解，跟你們這些成天除了吃飯睡覺腦袋空空的傢伙哪會一樣？是吧，子賢？」

我虛偽地點點頭，心中倏地閃過一絲的愧疚，我剛剛的確是在望著黑板發呆，可是我在想的事情卻跟老師講的課一點關係也沒有。啊～雖然這麼說對不起老師，不過果然還有其他更重要的事。

「那麼，到底是在解什麼問題呢？」

女同學關心地問，一副很自然的模樣靠近到我的座位旁，彎下了腰，刻意把她的臉往我湊近過來。

「呃……其實也不是什麼大不了的事情啦……」

我只好把藏在抽屜裡的報紙在桌上攤開。

把腦袋湊近過來的男同學大聲念出了斗大的標題：

「『繁星騎警昨日傍晚再度現身，阻止怪人無尾熊爆破施工中大樓』。哇喔，姚子賢，沒想到你居然也是個追星一族。」

「什麼追星一族，人家可是在對社會大事表達關心。」

不知道為什麼，這位女同學似乎把我的每件事都看得十分正面，我實在非常感激她的看法，可是她那看著我時過度熱情的眼神卻讓我頗為消受不起。

「不過，繁星騎警還真厲害啊，這次又成功把怪人給擊退了呢！」

男同學讚嘆地說道，其他人也紛紛跟著附和。

繁星騎警，是只在我們這個鎮上出現的神祕英雄。我們這個鎮上不知為何從一年前起，陸續遭到不明怪人的頻繁襲擊，但是每次怪人出現的同時，名為繁星騎警的女性蒙面俠便會出面，三招兩式地擊敗對手，恢復和平秩序。日子久了，鎮上甚至開始出現她的粉絲團，也有一些人老是想揭開她的真面目。

「你會看這個，代表你也對揭開繁星騎警的真面目有興趣囉？」

「關心一下地方事務也是很正常的吧？」我若無其事地回答道。

然後突然有個聲音插了進來。

「好了，鐘都打這麼久了，你們還在這裡逗留什麼，趕快離開吧！」

我抬頭朝聲音的方向望去，就看見一個雙手扠腰，面容十分清秀的短髮女孩，她以巧妙的方式擠入我跟人群之間，不知不覺中便排開了眾人。那位不斷試圖接近我的女同學很輕微地「嘖」了一聲，像是在埋怨怎麼有人這麼不識趣一樣，不過很快又換上一副滿面堆笑的臉龐。

「妳說得對，那我先去收拾囉，小千。」

女同學就此退場，這名女孩不怒自威地朝著男同學們掃過去一眼，男生們個個都像烏龜一樣縮起脖子，魚貫地離開了我的身邊。

「謝謝妳啦，小千。」我小小聲地道謝說。

只聽得她不屑地哼了一聲。

這個被眾人暱稱為小千的女孩子名叫路怡千，是我的鄰居，我知道很多人聽見鄰居這層關係，都會自然而然地加上「青梅竹馬」這個要素，在班上做自我介紹的時候，幾乎全班的男生也都「哦～」了一聲。不過我要說，並不是這個樣子的，畢竟我搬回這座鎮上念書只不過是兩、三年前的事。

我上小學那時搬到別的地方，大約到國一才回到鎮上，與小千將近六年未見，甚至當我們再次相遇的時候，我還差點認不出她來，這樣子的關係能夠算做青梅竹馬嗎？

但是小千似乎依舊對我瞭如指掌，當下便看穿了我的心思。

「你又要等人喔？」

「嗯，等姐姐。」

小千一副受不了的樣子。

「拜託，每天都要等，你這個姐控。」

「我才不是姐控。」

面對小千的指責，我當下義正詞嚴地反駁，拜託，難道妳不曾聽說過謠言止於智者？

小千面露鄙夷神色，不過我剛剛似乎忘情喊得太大聲了，結果引來了那些男同學們的注意力。

「什麼？在討論姚子賢他姐的事嗎？」

「那個名人姐姐？」

剛走到門口旁邊的男生們又停下腳步，七嘴八舌地討論了起來。

「真羨慕你啊子賢，有個校花等級的姐姐。」

「真好啊～可以跟那麼漂亮的姐姐住在一起，每天叫你起床，幫你做早餐，一起上下學，一起洗澡，一起睡……」

根本沒有這回事！最後那兩項是什麼東西？我也想……呃不，我是說這種事情根本不可能發生。看著那些傢伙色迷迷地評論我姐的神情，我差點忍不住要站了起來。

「夠了，你們這群豬哥，不要看子賢老實就一直欺負人家。滾，都快給我滾！」

小千斥罵著打斷了男同學們的妄想，將他們全都趕出了教室。臨走之前，小千轉過頭來望著我。

「喂，你啊，凡事不要太過火，好嗎？」

我完全不記得我有哪裡太超過，但我還是糊里糊塗地點了點頭。

「真是的，讓人這麼操心。電燈記得關，門要記得上鎖。」

我已經不是小孩子了，但是小千還是像以前一樣那麼愛操心。

「好。」我點了點頭答應道。

然後小千揮揮手，消失在我的視野之中。

嗯，那麼接下來我也得趕快把東西收拾好，去進行預定的行程了吧。

檢查完門鎖跟電路後，現在我走在一純高中的走廊上，晚風從窗戶吹了進來，走廊空氣流通，雖然是夏天卻不炎熱，反而很舒服。透過窗戶可以看見我所居住的城鎮，是個規模不怎麼大的小鎮，放眼過去直到天際線上也只有兩、三棟建築物超過十層樓，可以稱為大廈的高樓真是少之又少。

這樣的小鎮，實在讓人難以相信它會成為怪人侵略的目標。「黑暗星雲」，那就是怪人侵略者組織的名字，只不過，我想應該更不可能預料到居然會有神祕女英雄挺身而出與怪人作戰吧。

我的心思還縈繞在繁星騎警的身上。

「你也對揭開繁星騎警的真面目有興趣啊？」

男同學的臆測彷彿還迴響在腦海中一樣，不過說真的，我倒是對這件事情一點興趣也沒有，誰會對已經知道的事情有興趣呢？

我想著想著，不知不覺中，已經穿過了二年級教室的走廊，來到了另一棟屬於三年級教室的大樓。

某個人正站在有些幽暗的走廊上等我，我一看見那個熟悉的身影，便不自覺地加快了腳步。

「姐姐！」在走廊上，我小小聲地呼喊道。

姐姐歪著頭，微微笑著向我招手。

「哎唷，真是的，叫得這麼大聲，小心嚇到還沒回家的人。」

咦？很大聲嗎，奇怪，我明明覺得自己很克制了。

的了。

不管怎樣，姐姐似乎心情很好，聳著雙肩不斷地噗哧笑著，啊～好可愛，空氣彷彿變成粉紅色的了。

姐姐今天把她栗色的頭髮綁成很好看的馬尾，露出了雪白的後頸，白皙的皮膚不需要施妝……唔，果然素顏還是最棒的！不知道她自己有沒有注意到，其實她的睫毛有點長，眼睛也很可愛，今天穿的是繡上了學號和姓名「姚子實」的制服，姐姐穿制服的樣子實在太無可挑剔了，簡直就像是一件藝術品。

——不對，我可以篤定地說，姐姐一定是人類的瑰寶吧！

「你怎麼了，子賢，在發呆嗎？」

「啊，不，沒有……」

我看得太出神了，真是慚愧。

「今天也得麻煩你幫我把東西帶回家囉。」

姐姐把書包跟手提袋交給了我。

「又有事件了嗎？」

「嗯，是啊……有目擊者通報說有黑暗星雲的怪人出現在一純小學外的書店，我好不容易捱到了放學……」

「姐姐真辛苦。」

「不會啦，這是為了大家。而且有你幫我的忙，不是嗎？」

姐姐摸了摸我的頭，我差點就在被摸頭的無比幸福中升上天堂。

姐姐說：「對了，你今天不是還要打工嗎？現在去會不會太晚？」

噢對喔，接下來還得去那裡才行……可惡，雖然不想跟姐姐分開，可是打工是不得不去的。

「哎唷，不要露出這種表情啦，吃晚餐時就可以碰面啦！」

姐姐微笑著說，看穿了我的心思。

「那……那妳要小心喔。」

我只能用這種話來為姐姐加油打氣。姐姐點點頭，然後大步地走下樓去。

唔，好了，接下來也得照著預定行程來行動吧！

離開學校，不過我並沒有把姐姐的書包先拿回家放，而是來到了一家漫畫租書店。這間租書店裡面除了柔軟的沙發，還有預付金額就可以租用好幾個小時、讓人舒舒服服躲在裡頭上網看漫畫的隔間。

我照往常一樣付了錢，把自己跟姐姐的書包放在裡頭上鎖。不用擔心東西被人偷走，店鋪有一位戴著貓耳並穿上女僕裝的奇怪女店員在看守……據說這是老闆特別要求的員工穿著。

接著我把自己的手提袋帶出來，進入盥洗室，開始換衣服。

我換上寬大的黑色風衣，我現在穿的衣服如果被別人看到了，可能免不了會被指指點點，總之是不怎麼適合暴露在大庭廣眾之下，因為別人會以為我是某知名密醫。

可是櫃檯的女服務員非但不曾對我的穿著過問，反而還每次都投來一副「終於有了同伴」的理解眼神，然而我從來都不知道她究竟理解了什麼。

這不重要。

總之我從租書店離開，繞過一條街，途中便已經戴上面具。在眾多林立的商店裡頭，有一間位於地下室的不起眼舞廳，現在已經停止營業了，招牌還是頗有古風的油版畫，畫著一個永不衰老的美豔旗袍女人。

我走下樓梯，盡頭是一扇掉了漆的破舊木門。

「暗語。」

隨著我的敲門聲，一道細不可聞的聲音從門後面傳來。

「芝加哥烤牛肉起士捲餅。」

我正確回答了暗語，接著木門為我敞開了。

我走進黑暗的走廊中，前方自動點起了提燈，就在我眼前憑空飄浮著，我跟著燈光向前走，走廊兩側的門都是緊閉著的，但盡頭的兩扇紅漆大門倒是在我抵達時自動地開啟了。

「歡迎你，厄影參謀。」

「各位抱歉，我遲到了。」

我坐上席，環顧了一遍列席的人們，行了注目禮。

幽暗的燈光下，每個人的面孔都環繞著一股神祕感，像飄浮在空中的蒼白幽靈。

「厄影參謀，請你務必要有守時的觀念，如果每個人都像你一樣遲到，那會浪費大家多少時間？」

「非常抱歉，冷夜元帥，我下次不會再犯了。」

我連忙朝著主席的位置低下頭致歉，戴著蝴蝶狀面具的冷夜元帥冷冰冰地看著我。

「啊，冷夜元帥，厄影參謀他向來表現良好，這次遲到也只是第一次，就請您原諒他吧。」

「就是啊，既然現在人都到齊了，那事不宜遲，我們馬上開始開會吧！」

幸好其他人也為我求情，冷夜元帥點了點頭，我隨即聽到一疊資料打在桌上「砰砰」的聲音，大概是她也決定不再追究此事了吧。

我的手臂被人輕輕碰了一下，我瞄了過去。

「嘿！謝啦！」我用氣音對著幻象隊長說道，剛剛就是他最先為我緩頰，在這一群人之中，我與他的關係算是相對要好。

「學長，別放在心上，冷夜那傢伙就是這種死脾氣。」

由於我進來的時間比他稍早，所以他總是用學長來稱呼我，但根據我的推測，我們的年齡應該相近。

「她實在太過認真啦！」

「我知道，我沒有在意。」

我們彼此用極低的音量交換著這些訊息，幻象隊長似乎在黑暗中偷偷地用極為散漫的坐姿坐著，我發現他的面具有些傾斜。

接著，冷夜元帥開口了，從蝴蝶狀的面具底下流露出生冷的女孩子音調。

「那麼，『黑暗星雲』第八十五次作戰會議，正式開始！」

不管別人有沒有看到，不過我習慣性地挺直脊梁，並且正襟危坐起來，在我所受到的家教中，開會是一件很嚴肅的事情。

我感覺到冷夜元帥的視線似乎朝著我瞄了一眼，不過僅只於那麼一瞬間，她繼續念道：

「今天我們所派出的怪人是怪人青蛞蝓，目的地是一純小學外的角州書店，這間書店主要販賣角州社出版的不良小說跟小學生的文具用品。」

「啊，那間書店我知道，專門進一些賣不掉的難看小說，像是什麼《移動大師》之類的，而且老闆賣的橡皮擦比別的書店貴五塊，根本是間黑店。這種店毀掉算啦！」幻象隊長義憤填膺地說。

冷夜元帥話說到一半被打斷，似乎因而憤怒地瞥了他一眼，不過她並沒有發作。

「我們當然會毀掉那間書店，讓一純小學的小學生們沒有文具可以用，但是我們還有更重要的任務，那就是引出可惡的敵人——『繁星騎警』，並且在這次作戰中打倒她。」

「繁星騎警！」

一聲像是踩到野貓尾巴般的尖叫，會場中的某個人彷彿聽到了不共戴天的仇敵的名字，連說話的聲音都顫抖了起來。

「那個可惡的臭女人，完全不懂得欣賞我的創作品之美，還一而再再而三地破壞我可愛的孩子們，沒有文化、沒有教養！絕對饒不了她！」

說話的是萬智博士，憤怒的他把口水噴得滿桌都是。

又高又瘦、滿頭白髮的萬智博士戴的是能面一般的面具，負責我們黑暗星雲侵略怪人的開發，但是繁星騎警一再地把我們的怪人打倒，因此身為研究中心主持人的他受到了很大的壓力，也難怪他會如此激動。

但是他竟敢如此批評繁星騎警，聽完以後我的火氣忍不住冒升出來。

「你怎麼可以說她沒有文化、沒有教養！」

「咦，厄影參謀，你為什麼要這麼激動？」萬智博士驚訝地說。

與會者個個都用一副不解的神情望著我。這下糟糕了，我一時太忘形，竟然忘記了自己身在何處。

「厄影參謀的意思應該是指，文化跟教養都是用在人身上的，至於像繁星騎警那種跟野獸沒兩樣的存在，怎麼可以把她拿來跟我們相提並論呢？我說的沒錯吧，厄影參謀？」

「呃，是，是的，我就是這個意思。」

呃呃，冷夜元帥的說法怎麼好像比萬智博士一開始講的更加惡毒？但是我實在沒有勇氣朝著超有魄力的冷夜元帥吼回去，而且現在的我也不能再做出令人起疑的舉動。

「原來是這樣啊，不愧是厄影參謀，說得真好。」

「真是足智多謀的參謀啊！」

結果眾人紛紛為我鼓掌叫好，我甚至還被幻象隊長一臉崇拜地拍了拍肩，事情發展成這樣真是超乎我的預料。

冷夜元帥輕咳了幾聲，才將場面控制下來。

「我們回到正題，雖然過去因為繁星騎警的緣故，讓我們的侵略行動遭受了一點小挫折，但是我們也同時蒐集了更多資料，改進了怪人的生產，所以這次的行動應該會更有勝算，對吧，萬智博士？」

「萬無一失！」

萬智博士拍了拍胸脯，得意地說：「我敢保證繁星騎警這次一定會栽在我們手裡。這次的怪人青蛞蝓是我精心研發出來的得意作品，大家請看——」

萬智博士把手一揚，我們前方的桌子中央立刻浮現了一具3D立體投影，接著他滔滔不絕地解釋道：「怪人青蛞蝓能夠從體內噴出黏稠膠水，只要被這種膠水黏住，就算是繁星騎警也一定插翅難飛。更厲害的是這個，我稱之為『燒溶酸性液』，顧名思義，這是溶解性超強的酸液，任何裝甲被它一噴，保證馬上完蛋。」

「那……要是繁星騎警被噴到的話……」

「她那身護甲也會完全沒用，變得光溜溜的啦！」

萬智博士的話一說完，在場的男性幹部們立刻異口同聲地發出了好大一聲的「哇～」的讚嘆，那個尾音拖得特別長，一聽就知道不是在想什麼好事（特別是幻象隊長）。亂七八糟的場面讓冷夜元帥看不下去，用力搥了一下桌面。

「各位，千萬不要在此時就懈怠了，還沒有真正打贏敵人呢！」

不管何時，冷夜元帥總是一副正經八百的樣子。

「雖然我們對這次的計畫很有信心，但不要忘記，凡事也可能百密一疏，為求謹慎，我們還是必須派出幹部到現場確實掌握狀況，並且隨機應變。有沒有人自願？」

「我！」我舉起了手。

冷夜元帥用非常讚賞的眼光看著我。

「非常好，厄影參謀，每次這種艱鉅的任務總是看到你不落人後，真是大家的表率。各位，不要因為沒有車馬費就不想跑實地任務，還有沒有人願意?」

冷夜元帥冷冷的眼光掃過眾人一遍，但是沒有人舉手。

照往例，最後還是拿出了籤桶，然後這次是幻象隊長抽中了下籤。

「怎麼這麼倒楣?我也想要坐在會議室裡面吹冷氣、吃甜甜圈。」幻象隊長大聲抱怨著。

確實，再也沒有比實地任務更加辛苦的事情了，每次作戰會議結束以後，如果沒有特別的事，大家只要坐在會議室裡吃吃餅乾、喝喝飲料，接著等打卡下班就好了。但是出外勤的同仁還必須等作戰結束回本部簽到，撰寫戰鬥報告跟裝備檢整，相較之下，簡直是天堂與地獄之間的差別。

「不要再抱怨了，學學人家厄影參謀，做事積極主動一點。」

冷夜元帥發怒敲了敲幻象隊長的腦袋，她的手上抱著一疊資料，大概是要趁著等一下的空檔批改吧，對比其他人已經開始拿出餅乾桶跟撥號叫飲料外送的鬆散模樣，冷夜元帥真是黑暗星雲獨一無二的支柱。

「哎唷，好啦，我去就是了……咦，學長你帶這要幹什麼啊?」

「這是攝影機啊，我想拍下我們的怪人與繁星騎警的戰鬥畫面，這樣的話我們就可以有更多的資料。」我一副理所當然的語氣回答道。

「真是細心啊，學長。」

「真是優秀啊，厄影參謀。」

結果每個人都紛紛用感動的表情看著我，我甚至看到冷夜元帥偷偷地用手指擦拭了一下眼角，好像在說「我並不孤單啊」那樣的感覺。

不管怎麼樣，我們還是趕快出發了。

不快點過去的話，搞不好戰鬥就要結束了。

「我說啊，我們不過是打工仔耶！居然叫我們近距離觀察怪人跟繁星騎警戰鬥，要是出了什麼危險，學長覺得我們會有保險理賠嗎？」

「這我不知道……」

說真的，如果真的有保險理賠的話，我還不知道黑暗星雲要向政府單位登記在什麼樣的營業內容下面，而且真的會有保險公司願意接手外星侵略者的保單嗎？

「話說回來，我們現在為什麼會是這種情況啊？」

「咦？還問為什麼嗎，學長，是你自己說怕遲到的，所以我只好騎快一點了啊！」

「呃呃，可是，為什麼會是摩托車啊，我們不是都還未滿十八歲嗎？」

我現在坐在幻象隊長的摩托車後座，抱著他的腰，以超過九十公里的時速在街道上狂飆著。

「那有什麼關係，學長，我們可是外星侵略者耶！誰管他什麼鳥年齡限制？何況，我不是騎得還挺不錯的嗎？」

「不，不是那個問題……噗嗚……」

現在在我的安全帽底下壓著面具，面具底下則是壓著我的鼻子，呃呃，快呼吸不過來了。

幻象隊長從後照鏡看到我的動作，急切地大喊：「學長，不可以啊！騎機車一定要戴安全帽啊！

我們要守法啊！」

為什麼現在又要守法了啊！幻象隊長，我真是搞不懂你啊！

摩托車「嗄吱～」一聲在巷子口煞車急停，後面地板上拖出一條長長的黑痕，不待車子停妥，我便立刻連滾帶爬地逃下了車。

「怎麼樣，人稱『一純後山的漆黑旋風』的我騎車功力不是蓋的吧？學長你看，繁星騎警還沒來呢！」

幻象隊長得意洋洋地說，但是我只能無言以對，我忍住胃海的翻騰，接著虛弱地抬起頭來，遠遠地看見我們的怪人才剛開始在書店裡大鬧。

「哇哈哈，我乃怪人青蛞蝓是也。」

「不要啊～求求你～」

怪人青蛞蝓正忙著把整齊擺在店門口的原子筆跟橡皮擦架子翻倒，還把1B到6B的自動鉛筆芯全部都倒出來混在一起。更惡劣的是，就算老闆拚命地伸出手臂，也無法阻止怪人青蛞蝓把一疊包裝卡片統統撕開。

唰啦啦～卡片天女散花般地掉得滿地都是。

「哇哈哈，全部～全部都沒有五星級卡片！」

「不～孩子們的夢想啊！」老闆絕望地哭喊。

「閉嘴，你這個奸商。」

噗啦！怪人青蛞蝓吐出一口超強膠水，把老闆黏到了牆上。

「那個垃圾，老是進一些中國製的盜版貨，難怪我老是抽不到好卡。」幻象隊長憤憤地說著，一副跟老闆有深仇大恨的表情。

我是不知道他在義憤填膺些什麼，但是當看到青蛞蝓把一整排的參考書全都甩到地上的時候，不知為何卻也生出了一股贊同的快感。

「住手，怪人青蛞蝓！」

忽然，一個嘹亮的聲音從街道另一端響起。

「到此為止了，不准你再繼續欺負善良的鎮民！」

「嗚！來了來了！」幻象隊長激動地說。

青蛞蝓連忙轉身，想要察看到底是誰放出如此妄語，這時就連我也覺得非常亢奮。

還會有誰？當然就是一純鎮上的超級英雄「繁星騎警」！

戴著華麗又不失典雅、充滿了精心設計感的面具，栗色的長髮綁成一束馬尾在腦後優雅地舞動著。身上是兼具古典美與流行感的輕便盔甲，該遮的地方有遮，該露的地方也不少……身軀穠纖合度，真是增一分則太肥，減一分則太瘦，如此英姿颯爽，真不愧是繁星騎警啊！

嗯？你說我剛剛這番讚美不像是外星侵略者幹部該說出來的話？真是～真是目光短淺啊，我無奈到必須連說兩次。崇尚美麗的事物應該是全宇宙都奉行不悖的美德，更何況此時出現在眼前的人是如此難以挑剔，自然更應該好好欣賞。

「攝影機，趕快開攝影機。啊咧，攝影機在哪裡？」幻象隊長轉頭問著。

「噓，小聲點，別讓人發現了。」

我早就打開攝影機開始攝錄。

「咦，學長，原來你早就準備好了。學長真厲害，面對這種場面居然還這麼鎮定。」

我冷靜地點點頭，其實心底正波瀾萬丈，興奮得不得了。

既然緐星騎警現身了，那麼我也必須一點不漏地把她的戰鬥畫面好好拍攝下來才行，這一定可以成為珍貴無比的收藏……我是說資料。

為了要跟對手戰鬥，青蛞蝓從狹窄的店面裡頭走了出來，雙方就在大街上對峙。

緐星騎警二話不說，立刻朝著青蛞蝓衝了過去。

「呀啊！」

青蛞蝓張開手腳，作勢要將緐星騎警攔腰一抱——呀，怎能讓你得逞？但緐星騎警敏捷地就地一滾，青蛞蝓撲了個空，緐星騎警在他身後迅速地站了起來。

「緐星騎士旋踵落！」

緐星騎警施展她最著名的絕技，向空中一躍，隨即在兩層樓的半空中起了個迴旋，漂亮的三圈半過後，附帶有強大離心力與重力加速度的腳跟踢重重地擊中了青蛞蝓的後腦勺。

勝負就此決定！

——理應如此。

但是……

「嘿嘿……緐星騎警，妳是不是忘了什麼事情啊？」

糟糕了！繁星騎警的驚呼聲和我幾乎同時響起。

繁星騎士旋踵落的確是威力卓絕的物理攻擊技，過去她也曾依靠此招解決不少對手，可是這次的怪人青蛞蝓的素材卻是軟體動物，繁星騎警的腳跟擊在青蛞蝓的身上，只能令他肌肉凹下少許一點，卻絲毫沒有打擊到本體。

普通物理攻擊無效！

沒想到青蛞蝓居然是如此難纏的對手，這麼一來，就算使出南十字星手刀斬、星雲百萬噸重扣拳也無濟於事，就在剎那猶豫之間，繁星騎警的腳踝被青蛞蝓一把抓住，整個人也被帶了起來。

「啊啊！」

青蛞蝓完全不懂得憐香惜玉地將繁星騎警扔到牆上，接著吐出一大灘濃稠的黏液，把繁星騎警牢牢釘死住了。

「就是現在，青蛞蝓，使出你最強大的絕招——燒溶酸性液吧！」

幻象隊長頓時張大了鼻孔，興奮地噴起氣來，甚至還緊緊握住了拳，一副非常期待的樣子。

「就讓大家看看妳的真面目吧，燒溶酸性液，我吐～」

青蛞蝓振奮地挺起胸膛，接著像是要從體內一鼓作氣全部噴發出來的模樣，伸長了他的頭——

噗哧哧哧……

可是什麼事情都沒有發生。

只有一些空氣噴了出來。

「怎麼會這樣！」

在我身邊，幻象隊長一副失望的表情，與驚訝不已的青蛞蝓異口同聲地叫道。

「怪人，現在輪到我反擊了吧！」

繁星騎警猛力掙脫黏液，掄起拳頭，奮勇地衝向青蛞蝓。

「怎、怎麼會這樣？等等，我的絕招怎麼失靈了啊啊啊——」

就是這一幕！我的眼睛綻放光采，接下來的鏡頭無論如何也不能錯過，繁星騎警伸直雙拳，乘著奔跑的加速度直接擊中了青蛞蝓的身軀。

「天馬疾風流星拳！」

經過加速過後的拳頭宛如狂風暴雨般打在青蛞蝓的身上，不是給予物理傷害，而是以強烈的打擊震波造成體內的傷害，簡直就是對軟體生物的必殺絕技啊！

青蛞蝓被揍得眼睛都凸出來了——雖然原本就是凸出來的——身軀承受不住強大的打擊而飛上半空。

砰！

粉身碎骨。

「啊……沒想到又輸了捏……」

幻象隊長一副無奈的語氣，抬頭望著天空，但我總覺得他對於作戰失敗並不怎麼遺憾，反而像是在感嘆沒能看到其他的東西。

也許因為我們都只是打工的吧。

「嗯，好吧，也只能如此了。我們回去吧。」

得把作戰失敗的事回報給大魔王陛下才行呢。

我們回到總部，做了例行性的簡略回報，內容不外乎陳述這次怪人如何使不出關鍵性武器，繁星騎警使出何種招式打敗對手……等等。

大部分的人都已經下班回家了，而留下來的人聽了我們的報告以後，個個表情凝重，冷夜元帥一副咬牙切齒的模樣，不斷地怨懟我們怎麼老是沒能好好打贏一次戰鬥。萬智博士的臉色一陣青一陣白，看他的模樣，似乎就像一顆不定時炸彈，隨時都要爆發出來。

第八十六次了，這樣一來，就是第八十六次的失敗。

不難想見萬智博士內心的痛苦有多麼地大，但我依舊無可奈何。既然已經盡到了責任，那麼後續的事情也就與我無關，結束收尾的文書工作後，我便離開了。

該是換下厄影參謀的外衣，恢復姚子賢身分的時候了。

叮鈴鈴～

「一定是姐姐回來了，我去開門。」

我急忙從廚房裡頭奔了出來，腳踩著拖鞋拖拉拖拉地去應門。

才剛打開門，一張我最喜歡的笑臉便熱情地湊了上來，給了我一個溫暖的擁抱。

「啊啊，姐姐，歡迎回家。」

「我回來囉！」姐姐開心地笑著。

結束擁抱，我稍微拉開了一點距離，趁此良機，我決定一口氣說出那句練習已久的臺詞：

「姐姐，妳是要先吃飯，還是先洗澡，還是先……」

「啊，我要先洗澡！哎唷～今天的怪人好噁心，還噴了我一身的黏液，好臭，臭死了。」

唔，結果話說到一半冷不防被姐姐打斷，使得我沒有辦法把整句給說完。

真是沒辦法，我在一瞬間便整理好了心情，並且換上一副愉快的微笑。

「就知道妳會這麼說，所以熱水早就幫妳放好啦！」

「耶！萬歲，有這麼一個體貼的弟弟太棒了！」

姐姐興奮地歡呼，甩掉了鞋子便往家裡頭鑽。我無奈地笑了笑，姐姐的行為還真是像個小孩子一樣，不過這樣也很可愛。

我朝著姐姐背後大喊：「趕快洗完澡出來，我今天準備了妳最喜歡的牛肉壽喜燒。」

「太棒了！姚子賢我愛你～」

什、什麼？

一瞬間我的臉好像被人拿燒紅的烙鐵燙到似的，姐姐她剛剛……說了什麼？

等我回過神來，我正扶著牆，差點雙腳一軟，坐倒在地上。

「吶，孩子的爸，這道菜很好吃，多吃一點。」

「等會吧，我在看報紙呢。」

「沒關係，我餵你，來，嘴巴張開，啊～」

「啊～姆～」

……我們家的餐桌上氣氛常常如此和樂融融。

說得好聽是這樣，但基本上幾乎都是年紀比較大的兩位自得其樂，至於那兩位所生下來的比較年輕的成員呢，則被迫得在這種黏如糖蜜濃得化不開的氣氛中忸怩不安地吃飯，幾乎每天的晚餐都大受光害的影響。

不過……互相餵飯啊……

「吶，弟弟，這道菜很好吃，我的份也給你吃。」

喔喔，我的眼睛一亮，難道這是上天賜給我的機會？

「姚子實，妳又想叫弟弟幫妳吃青菜，不准挑食，給我放回妳的碗去。」

媽媽對著姐姐橫眉豎目地斥道，姐姐只好不甘不願地收回了筷子。

「我討厭吃花椰菜。」

匡啷！我彷彿聽到內心的夢想像個玻璃碗般掉到地上碎掉的聲音。

雖然我的內心正如同波濤洶湧的大海，但我還是很鎮定地伸出筷子挾菜，彷彿什麼事情都沒有發生。

爸爸從容放下報紙，對姐姐說道：「對了，子實，今天事件的成果如何？」

「咦，那個啊！」

姐姐停下筷子，臉上神情似乎有些得意，驕傲地說：「很輕鬆就解決了啊！」

「嗯。」爸爸滿意地點點頭。

「妳已經能夠獨當一面了呢，看來爸爸也不需要再擔心了。」

「本來就不必擔心了吼！」

姐姐嘟著嘴回應，一半是不服氣，一半是在撒嬌。

「不過現在這只是個小鎮的規模而已，以後妳還會面臨更大的挑戰……地球未來的和平就要落在妳身上了──繁星騎警。」

我埋著頭默默吃飯，媽媽也是一臉泰然自若，全家人對這件堪稱為揭穿鎮上最大祕密的發言一點都不吃驚。

任何人都沒有聽錯，我的姐姐──姚子實，正是神祕的蒙面英雄──繁星騎警。

「我吃飽了。」

我擱下手邊的動作，把碗筷向前一推，同時滿足地嘆了口氣。

這件事情，得要從我們父親的身分開始說起。

我們的父親並不是地球人，他是從遙遠的天馬座 γ-12 星雲來到地球的外星戰士，他們長年以來不斷致力於維護宇宙的和平。在廣袤的宇宙間，人類的文明只不過如牙牙學語的幼兒，無數早已發展出強盛文明的星球對這顆年輕的星球虎視眈眈，就在我們看不見的地方，父親與前輩們已為地球作戰了好幾百年。

一直到因緣際會下，父親認識了母親，接著很快地陷入愛河，兩人克服重重阻礙，終於決定結為連理。

然而他們的考驗從婚後才真正開始，雖然父親的外表在人類眼中看起來還是四十幾歲的模樣，但在他的種族中其實已經步入晚年，照理說應該返回原本的星球，並將責任交給下一任的戰士，可是對於父親來說，地球已經不只是履行責任之處，而是名為家庭的歸屬。

父親在母星與地球之間陷入兩難，事情卻在預想不到之處出現轉機，兩人婚後不久，姐姐誕生了。雖然這是超越種族，甚至是跨越星球的戀愛，但兩人居然可以產下後代，只能說生命的奧祕真是奇妙。

在姐姐的身上，出現了γ-12星人的血統。

在母星的允許下，父親得以繼續留在地球上，栽培他的接班人——同時也是他的女兒。

相隔一年後，我也呱呱墜地，來到了這個世界，我的身上則是流著人類的血液，只不過少許的γ-12星人血統，仍然讓我擁有比普通人更強壯的身體。

晚餐結束後，我們各自回到自己的房間。

我輕掩上門，坐回書桌前面，準備開始讀書。在我書桌上方的牆面，除了一扇窗戶之外，不是被壁紙而是被無數獎狀貼滿，抬起頭來便能看見我從小到大的每一張獎狀與成績單。整面牆壁，從右邊數過來依次是小學到高中的成績，第一名、第一名、第一名、勤學獎、智育獎……

事先聲明，我並不是一個很喜歡炫耀的人，看見這些獎狀也不會讓我生出任何沾沾自喜的感覺，這只不過是伴隨著我的勤奮而來、自然而然的結果。

我必須用功讀書。

你問我為什麼，這個理由很簡單，因為姐姐的功課其實不是非常好，但是要求一位正義英雄在善盡職責之餘還要兼顧課業，無疑過於苛求。

姐姐下課後必須忙於與外星侵略者戰鬥，回到家時也已經又餓又累，根本沒有力氣念書，然而這樣下去很危險。

即使是正義英雄，還是必須有份正當職業吧！再這樣下去，姐姐就會因為功課不好而考不上好的大學，考不上好大學就拿不到好的文憑，接著就會找不到好的工作。到最後，姐姐可能因此得去做一些辛苦又粗重的事情。

一想到就讓我覺得心寒，怎麼可以讓這麼委屈的事情發生在姐姐身上呢？

所以，就只能靠我來養姐姐了。

沒錯，這是唯一的辦法。

為了讓姐姐能夠專心打擊邪惡，現在的我必須連此刻正在隔壁房間睡覺，補充與怪人戰鬥所消耗體力的姐姐的份一起努力。

我必須努力讀書，考上好學校，然後謀得一份好職業，這一切都是為了姐姐的將來！

一時的吃苦不算什麼。

我要發憤圖強！

時間在不知不覺中流逝，我抬起頭望向桌上的時鐘，居然已經一個小時過去了，難怪眼睛有些發痠。

站起身來活動一下筋骨吧！對了，不如就趁這段休息時間完成其他的事。

我彎下腰來，從手提袋裡頭拿出了一片光碟，接著坐到電腦前面，打開資料夾，裡頭是我從黑暗星雲總部中複製出來的影片，點開之後就出現了繁星騎警與怪人青蛞蝓之間的戰鬥畫面。

「啊啊～姐姐戰鬥的模樣果然還是這麼好看。」我忍不住讚嘆。

真是太帥氣了，尤其是那記「天馬疾風流星拳」，姐姐充分發揮γ-12星人超凡的力量，如果被那連續的重擊全數命中，就連聯結車也會被打成一團廢鐵。區區怪人怎麼可能會是姐姐的對手？

影片的最後，青蛞蝓的燒溶酸性液沒有發揮功效，成為逆轉的關鍵。

當然不可能成功的，因為昨天怪人還在培養槽裡頭的時候，我就已經偷偷把儲藏酸液的裝置給拔了下來。

要是那種可怕的酸液真的作用在姐姐身上，姐姐的身體豈不就……豈不就都要被人看個精光了嗎？光用想的就覺得太可怕，太可怕了！

說到這裡我就忍不住想埋怨父親，雖然我知道他也有不得已的苦衷，不得不讓姐姐隻身與眾多怪人戰鬥，但是人家可是你的女兒耶！難道你就一點都不擔心嗎？

要是害得姐姐有個萬一怎麼辦？不行，我絕對不能冒這個風險。

因此，我加入黑暗星雲的目的，正是為了在背後守護姐姐。

不過令人難以置信的是，在街上走著的時候無意間拿到的打工傳單，工作地點居然正好是黑暗星雲，這種巧合真是讓我嘖嘖稱奇。

欣賞完姐姐戰鬥的英姿後，我感覺心情平復許多。

我取出光碟，拉起床單並打開床舖底下的抽屜，在一整排光碟中找到專屬的位置，小心翼翼地收藏。除了光碟之外，床舖底下還收藏了許多相簿、紀錄冊與其他零碎的物品，每一件物品都代表著姐姐與我從小到大共同的珍貴回憶。

每每看到這些東西，讓人感懷的念頭便會油然升起……

喀噠！喀噠！

咦？是什麼聲音？

我轉頭一看，發現窗戶外面有個搖晃的人影，我連忙放下床單，過去把窗戶打開。

「嘿！晚上好。」

一張少女的臉出現在我眼前，眨眼間便跳了進來，竟然是小千。

「這麼晚了，妳跑來幹嘛？」我訝異地問道。

「當然是有事才來找你。」

小千說完便俐落地坐到了我的座位上，同時拍起腳底下的灰塵。先前說到，我們兩家是隔壁鄰居，因此小千沿著陽臺跟屋簷就能不經過樓下跑進我的房間。我並不是很贊同她這樣做，因為我總覺得這樣很危險。

不過身為籃球隊主將的小千似乎一點也不這樣認為，大概是因為她對自己的平衡感很有自信吧。

「喂！我的數學功課不會做，明天要交給老師了，你快點幫我，全校第一名。」小千「啪」地把數學課本攤在桌上。

依循體育系學生良好的傳統，小千的成績始終在及格邊緣徘徊，而每當考試將至之時，我也不免得充當她好一陣子的家教老師。

「好啦，哪裡不會，我教妳。」

「統統不會。」

我皺起眉頭。

「用抄的比較快吧！」

小千理直氣壯地說，真是令人啞口無言。

「妳這樣子永遠學不會的。」

「沒關係，距離考試還早得很。」

小千怡然自得地說：「到時候再臨時抱佛腳就好。數學作業你已經做完了吧？」

慘了，我苦口婆心的勸諫完全進不去她的耳裡。

「喂！請不要擅自動我的東西。」

小千開始在我桌上東翻西找，我要阻止也已經來不及了。

小千拿起一本課本，皺著眉頭說：「等等，這個是三年級的課本吧？」

「不要亂動。」

我伸出手想將課本奪回，但是小千的反應更敏捷，她立刻抽手躲過了我的動作。

小千以驚嘆的語氣說道：「不會吧……姚子賢，你該不會已經資優到在預習我們明年才要學的東西了吧……咦，這個名字不是你的……這是……我的天啊！」

小千抬起頭來，一副恐怖的眼神瞪著我。

「你居然在幫你姐姐寫作業？你這個姐控！」

「我才不是姐控！」

這好像是我今天第二次辯駁了。

「還敢說你不是，天啊，姚子賢，你自己都沒有自覺嗎，你為你姐姐做的事早就超出一般人覺得正常的範圍了吧！」

「怎麼會？我只是在做普通的弟弟會幫姐姐做的事而已。」

我大力而堅決地主張，然而小千的臉看起來有些為難地微微抽動著。

「一點也不普通……」

小千疲倦地吐了一口氣，有什麼事情讓她覺得這麼勞累嗎？

「正常的弟弟絕對不會幫姐姐讀書寫作業的，你是想把小實姐寵成廢人嗎？」

「姐姐她才不是廢人。」

就算是小千這樣講，我也會生氣的。

「那你說，小實姐現在在做什麼？」

呃……

「姐姐她在……睡覺。」

實話實說對我而言相對不妙，小千投過來一副鄙夷的眼神，像是在說「你看吧」。

「因為她很累了嘛。」我試圖為姐姐辯駁。

對！沒錯，姐姐可是為了保護小鎮，跟怪人戰鬥而消耗了許多的體力，休息是有正當理由的。

「現在才幾點，為什麼她會累？我記得小實姐放學後也沒參加什麼活動，她是回家派的。」

可惡！放學之後馬上回家難道也錯了嗎？姐姐放學以後有比那些更重要的事啊！但是我說不出口，姐姐就是「繁星騎警」這件事情是個祕密，可是難道我就要這樣對小千指責的話語退縮？

「她要忙……其他的事。」

我試著找出一個突破的缺口，卻發現這樣含糊不清的藉口顯得軟弱無力。

小千確實完全沒有被我打動，冷酷無情地指出：「忙什麼？姚子賢，不要以為我第一天認識你，你家的家事基本上全部都是你在做的。」

「長幼有序，由年紀最小的我來負責家務也是很合理的。」

我在這種瀕臨絕境的情況下，幾乎是想都沒想就流暢地吐出了反擊，好像打開了某種開關，莫非這就是護姐而戰的潛能？我感覺思緒暢通，任何難題似乎都能迎刃而解。

小千微微瞇起眼睛，彷彿接受挑戰。

「好，就算伯父伯母白天必須上班工作，但是家務事也應該是由你們姐弟共同承擔的吧？」

「我對做家事很有興趣，我做家事會感到非常快樂。」

「也就是小實姐什麼都不用做囉？應該說你什麼都不讓她做吧！」

「人各有天職，姐姐這樣子就很好了。」

「太超過了，太超過了。」

小千一臉絕望地搖搖頭：「根本無可救藥了你。」

「我人很正常，根本不需要藥救……話說回來，妳到底要不要抄作業？」

「我要。」

果然，在作業的面前，小千乖乖地屈服了。

為了讓小千住嘴，我最後還是決定犧牲我的作業，雖然我覺得這樣對小千的學習只會有反效果，但是我現在實在沒辦法繼續和她爭辯下去。唉，頂多考試前再多幫她惡補一陣吧。

小千安靜下來，在我的書桌上抄寫，我因為無處可去，只好坐在床上念起自己的書。

過了一會兒，小千似乎開始無聊了，我聽見從她那個方向不斷傳來轉筆失敗劈啪落在桌子上的聲音，而且頻率越來越快。然而我始終忍耐著，沒有把頭從書中抬起來。

「喂！姚子賢。」

「嗯，什麼事？」

「不，沒事。」

什麼呀？小千又把頭轉回桌面上，這副欲言又止的表情，到底把人喊過來做什麼？實在有點火大。我被亂了一陣，繼續低頭讀書。

「喂！姚子賢？」

「嗯，什麼事？」

「那個啊……不，算了，沒事。」

又一次？我稍微張大了嘴。

「妳如果想說什麼就說出來呀，路怡千？」

我不得不喊出了她的本名。

「沒有什麼啦，你閉嘴。」

為何三番兩次被打斷看書的我要遭受到這種對待？但是小千的目光狠狠地瞪了過來，就讓我喪失了繼續跟她爭吵的勇氣。

說到底我在她面前的凶狠也只不過是裝裝樣子罷了，這點我想她也很清楚。回想起小時候我們兩人每次因細故扭打在一起，最後總是我哭著落荒而逃，記憶中最深刻的就是小千騎在我身上，以勝利者之姿睥睨我的模樣。

再也沒有比從一開始便立於不敗之地的女人更加難以對付的了。

感覺小千的目光依舊灼熱地盯著我，我渾身發癢難耐，看書也很不自在。

「喂！姚子賢。」

「呃……嗯，什麼事？」

第三次了，可我遲疑了片刻，還是本能性地無法忽略她的叫喚。

本以為這次還是會無疾而終，心底想著小千什麼時候開始以當放羊的孩子為樂，是想要看我的糗態嗎？但就在我腦中掃過這些胡思亂想的時候，小千突然開口了。

「你知道鎮郊外的遊樂園重新翻修完畢了嗎？」

遊樂園？

沒想到小千對這種類型的話題居然會感到興趣。

「呃、我不知道。」我搖了搖頭。

「妳怎麼忽然說起這個？」

「啊，沒有啊，就……就剛好想到這件事情，我、我絕對不是注意到有重新開幕後的情人同行特別優惠活動喔。」

「妳到底想說什麼？」

「不是啦，我只是想，這也算是鎮上的新聞吧。難道你今天看報紙的時候都沒有注意到嗎？」

「唔，原來是這樣啊，說得也是。不過，我還真沒想到妳會去留意這種事呢！我以為妳只會看體育版……」

「囉唆！」小千瞪了我一眼。

雖然不知道為何小千又不開心起來，不過，除了姐姐之外，世上的女生本來就是這樣喜怒無常、難以捉摸的吧。

我以為接下來還會有一波狂風暴雨，簡直不敢直視小千了，可是出乎意料地，好幾秒鐘過去，氣氛還是凝固在僵硬的沉默裡。

我驚訝地抬起頭來，看見坐在椅子上的小千正面無表情地直直看著我……不對，並不是全無表情，隱約可以看見她的嘴角在微微抽動，她的腳趾在地板上左右搓動著，像是在隱藏某種侷促的感覺。

還以為她剛剛是一直在瞪著我，但小千投射過來的目光中似乎有些忸怩。

「喂！看什麼看！」

小千粗魯地問道，彷彿在掩飾某種不安。

我看著小千奇怪的猶豫的樣子，她把筆在手指間轉來轉去，另一隻空著的手指則是不得閒地攪扭著，像是在跳舞一樣。

我試探性地問道：「怎麼了，難道妳想去嗎？」

小千眼睛一亮，像是很高興我居然會主動開啟這個話題一樣，可是從她的嘴裡卻吐出了一點也不像是感到高興的話：

「才沒有呢！我可是已經……已經過了那種幼稚的年紀，嗯嗯，而且，只有一個人的話根本一點也不好玩，但是你如果有興趣的話……我倒是不介意陪你去就是了。」

「喔，確實，一個人去遊樂園應該很無聊吧，身為獨生女可真是不方便啊！我想起來了，以前跟姐姐一起去那裡玩……」

「咦？」

「姐姐也很喜歡去遊樂園喔，我記得那時候她玩了旋轉木馬、咖啡杯、鬼屋，呃，還有……」

「姚子賢！」

小千豎起眉毛。

「馬上給我停止你的姐姐經！」

「好好好，但是，妳真的不想聽嗎，那次她跟我一起去鬼屋的時候……」

「姚子賢！」小千怒吼。

「哇啊，我知道啦，好啦好啦，妳不要動手啊！」

好不容易才從被施暴的險境中掙脫出來，小千雖然放開了我的衣領，但仍舊不肯饒過我般地死盯著我不放。

我不是都已經停下來了嗎？

但是小千還是露出一副怨嘆的態度，輕輕嘆了口氣。

「唉，開口閉口都是姐姐，為什麼每次都這麼遲鈍？」

我眨了眨眼，完全不知道她在不滿意些什麼。話說現在的女孩子真的是很難測度心思，如果女生們可以效法一下某些人誠懇率直的美德——例如說我姐姐——我想社會上一定就不會有那麼多誤會產生了吧！

「我也真是的，幹嘛去嫉妒人家？」

看來小千打算抱怨個沒完，我只能靜靜地坐在床上，看著小千自己一個人在那邊上演陰晴不定的小劇場，幸好，小千很快地恢復過來。

「算了，時候不早了，我也該回去了。」

小千打開窗戶，繼而踩上了我的書桌。

「哎，妳就從正門回家嘛！」

「不必你雞婆，喔對了，謝謝你的作業啦！」

「……不客氣。」

小千揮一揮手，消失在窗戶外頭。

終於送走這個煞神，我如釋重負地嘆了口氣，真是身心俱疲啊！

這時，外頭傳來敲門聲。

「誰呀？」

「是我啦，姚子賢，你要不要去洗澡？我剛泡完水還是溫的喔。」

是姐姐的聲音。

「天氣太熱了，一覺醒來又是滿身汗，所以只好洗兩遍澡了。」

「好，我馬上去。」

「快點，等等要洗衣服。我去吹頭髮了。」

接著聽到拖鞋拖拉拖拉遠去的聲音。

既然水還是溫的那就千萬不能浪費，要知道，一次泡澡大約使用兩百五十公升的水量，足足是沖澡的五倍，姐姐肯定是知道這一點才要我接著使用浴缸裡的水，否則這些水豈不是都浪費掉了。就像我之前說的，姐姐這種勤儉的美德正是現在許多女性應該學習效法的對象，啊啊！我真是越來越尊敬姐姐。

我前往浴室。

我們家的浴室是兩層隔間的設計，門後是放置盥洗用品的木櫃與髒衣籃，接著才是厚重的霧玻璃內門，裡頭則是馬桶、洗手臺與浴缸。

我迅速脫掉衣服，準備洗澡。

一打開內側的門，陣陣蒸氣撲面而出，地上濕漉漉的，還可以看見地面殘留少許泡沫。

室內溢滿芳香，洗髮精的味道濃郁地飄散著，有種在聞姐姐頭髮的感覺，我大力地做了一口深呼吸，在溫暖又怡人的空氣中，還沒入水便已經感到放鬆。

我稍微探了水溫，熱得剛剛好，姐姐一定是貼心地設想到了對人體最適宜的溫度，才叫我來泡澡，姐姐的用心讓我感激不已。

就在我幸福地泡著澡的同時，外頭傳來了窸窸窣窣的聲音。

「髒衣服我拿走囉！」

「喔，好！」

大概泡了十分鐘吧！在洗了一個香噴噴的澡以後，我感覺渾身舒暢，疲勞一掃而空，接著離開浴室，來到了走廊。

我停下腳步。

就在此時此地，一樣事物赫然映入眼簾。

那是一件內褲，而且是女生的內褲。

這條內褲彷彿不知羞恥似地，大剌剌地橫躺在走廊中央。

令人訝異的是，看這件內褲的模樣，應該是姐姐的內褲！

老媽不可能穿這種粉紅色可愛小白兔圖案的內褲，不對，我確定這就是姐姐的內褲。看過姐姐全部的內衣款式，記得姐姐所有衣物品牌、型號、尺寸的我的目光不可能出錯。

這一定是從髒衣籃裡頭掉出來的，也就是說，在幾個小時之前它還是被姐姐穿著的。

在姐姐提著髒衣籃經過走廊的路上，因為不注意而掉了出來。

我從強烈的震驚中恢復過來，現在最要緊的事情應該不是探究內褲的來由問題，而是如何處理這件內褲吧！

我必須盡快把它撿起來，再繼續任由它落在走廊中間，這成何體統？弄不好還會害姐姐挨罵。

對的，沒錯，我還在猶豫什麼？現在把它撿起來就好。

是的，沒錯，把它撿起來吧，動作吧，姚子賢。

可是為什麼，我的手開始顫抖，我彎下腰來的動作非常僵硬……彷彿，我在抗拒著什麼。

是發生了什麼問題嗎？是嫌棄穿過的內褲髒嗎？不可能的，姐姐穿過的內褲怎麼可能會骯髒？一點也不髒。

是因為它是粉紅色可愛小白兔的內褲嗎？胡說，這跟那個又沒有關係，我十分地肯定，立刻排除了這種假設。

既然不是因為視覺，那是因為嗅覺嗎？是因為這件內褲可能有氣味嗎？

可能有……氣味嗎？

我瞪大了眼睛，心裡逐漸產生一種就像考試中逐漸解開題目真相的撥雲見日之感，不由得感到暢快。

不對，現在可不是解題的時候，我必須快點把這件內褲撿起來……

必須快點……撿起……來……

「誰呀？」

聽到了我的敲門聲，姐姐用很悅耳的聲音從門後應聲。

「是我。」

「子賢?這麼晚了有什麼事嗎?」

「啊,那個,我在走廊上看到這件內褲,應該是姐姐的,所以我想說來還給姐姐。」

「咦咦?」

姐姐顯得很驚訝,伸手接下我交上前的內褲。

「怎麼會……」

「我一洗完澡就在浴室外面發現它了。」

「怎麼會這樣呢?」姐姐苦惱地說。

「大概是從髒衣籃裡面掉出來的吧!」

「這樣啊,但是衣服也已經洗好久了……而且距離你去洗澡也已經快兩個多小時了吧,你泡這麼久嗎?」

「啊,這個嘛……」

我不知道該怎麼向姐姐解釋,話說我竟然光是在走廊上不知為何地天人交戰就花費了那麼多時間,自己卻一點都不曉得,好在姐姐似乎沒有想要深究的意思。

「好吧,就這樣吧,只好明天再拿去洗了。」

姐姐聳聳肩,就這樣收回了她的內褲。

「姐姐晚安。」

「你也晚安。」姐姐溫柔地這麼說道,接著關上了門。

PRODUCTION

姐姐是地球英雄，弟弟我是侵略者幹部

萬智博士的危機降臨

02

頭有些痛。

不知道是否因為昨天晚上做了惡夢的緣故，今天早上醒來腦袋感到有點昏昏沉沉的。

還依稀記得那個惡夢的內容是……

內容是……

啊，對了，我夢見為了迎擊黑暗星雲所製造出來的新怪人，姐姐化身繁星騎警再度奮戰，沒想到這次的怪人居然是粉紅色小白兔的內褲怪人，不但如此，怪人還挾持了我作為人質。

「姐姐，救我啊！」

我掙扎在內褲中如落網的魚。

「胡說，我才沒有你這個弟弟！」

咦？我詫異得張口結舌，繁星騎警接著說：

「就把這怪人連你一起收拾掉吧，黑暗星雲的幹部，厄影參謀！」

說完繁星騎警一躍而起，使出那最著名的絕招「星雲百萬噸重扣拳」迎面朝我砸來。

「哇啊啊啊啊——」

——惡夢做到這裡就醒來了。

醒來後我滿身大汗。

是呀……姐姐是繁星騎警，繁星騎警就是姐姐。

而我……卻是侵略者組織黑暗星雲的幹部。

我是「厄影參謀」。

沒錯，我為了保護姐姐而潛入黑暗星雲打工的事情始終沒有讓任何人知道，就像繁星騎警的真實身分一樣，都是不為人所知的祕密。

毫不知情的姐姐，就算在戰場上與我相對，也一定會把我當作敵人消滅掉吧！

儘管如此，我並不是為了求得姐姐的感謝或者回報才做出這種事情，即使被姐姐消滅了我也心甘情願。

只是……心裡面還是會感到有些小小的悲哀。

姐姐是抬頭望眼便可覽見的漫天繁星，而我卻一定只是在百萬年以前還來不及傳達到人們眼中便已然黯淡逝去的星之灰燼吧！

耳際傳來的聲音將我拉回現實，我回過神來，發現幾位男同學正聚在我的座位旁邊，擔心地看著我。

「喂！姚子賢，你還好吧？怎麼看起來沒什麼精神。」

「喔，沒什麼事啦！」

「哎，你真的很會出神耶，拜託不要教我們功課教到一半就忽然恍神好嗎？你是又在腦中解什麼愛因斯坦的難題嗎？」

正當我想要回答，教室對面卻迸出女同學們不滿的抱怨：「你們這群臭男生，到底是好了沒啊，你們也占了子賢太久了吧？該輪到他教我們功課了。」

緊接著靠在走廊窗邊的運動社團代表也開了口：「我們還等著跟姚子賢同學討論幫忙校際比賽的事情耶，麻煩你們動作快點好嗎？」

「你們平常上課就該認真聽課，不要到了下課才來浪費別人的休息時間。」

「你們是同一個班級的，要問功課什麼時候都可以，先把寶貴的時間讓給我們吧！」

「別班的少廢話，乖乖排隊聽不懂喔？」

這下運動系社團忍不住了，粗口、叫囂一籮筐地傾巢而出，不甘示弱的同學們立即高分貝地回嘴。我發現平常也太小看大家的嗓門了，你一言，我一語，眾人越吵越烈，整間教室頓時充斥著噪音，搞得所有人雞犬不寧。

霹靂火爆的現場如今就像點燃了引信的炸藥，一發不可收拾。

眼見事態逐漸火爆，我更是身處在劇烈風暴的中央，焦急之中，我像是看見救命稻草般地讀到了小千的唇語：「**沒辦法，誰叫你那麼受歡迎呢，資優生。**」

饒是一副酸溜溜的語氣，但小千總算是願意站起來幫我的忙，身為女籃隊長，小千不管是在運動性社團或是班上同學間都有一定的地位。

「各位，你們這樣吵鬧不覺得不像話嗎？」小千朗聲制止。

本以為事態應該就此終止的，可惜我想得太過天真。

小千剛說完，不知哪個人忽然從旁大喊：「路怡千妳少裝清高，妳自己明明也很哈姚子賢吧！」

「誰說的，給我站出來！」

嗓門比任何一個人還大，完蛋了，連小千也失去理智！就在這時，一道暗器朝著小千飛來。

「小千，小心！」

可是已經太遲了，任憑小千身手再好，也不可能躲得過來自腦後方的板擦，小千哀號一聲，向前倒下。

空間霎時寧靜。

不對，眾人必定還在拚命爭吵著，可是就在我眼中看來，那短短的一秒，世界變得完全無聲。

我的心臟大力跳了一下。

「你們不要吵了！」

我到底有沒有拍桌子，事後完全記不起來，但在「匡」的一聲巨響結束後，我看見所有人都錯愕地朝著我看來。

小千從地上爬起，似乎沒有受傷。

可是我也愣在原地，我僅僅是憑著一時怒火大喊，竟然沒有去細想接下來要說什麼話。

事到如今，只好我自己跳出來打圓場，腦袋飛快地轉動了一輪，我說道：「大家都是同學，難道不是應該彼此相親相愛嗎？」

眾人你看看我，我看看你，誰也沒有說話。

「能夠幫得上同學的忙，指導同學功課，就算犧牲到我一點下課時間也沒什麼好計較的，運動性社團也一樣，我一定會空出時間去幫忙，大家不要因此而發生爭執，好嗎？」

聽到我這番話，雙方同時露出了慚愧的模樣。

「抱歉啊，姚子賢，原本只是請你幫忙教我們，沒想到造成你的困擾。」

「姚子賢同學，這次真的很抱歉，可是比賽的時候，你一定要到。」

「唔～子賢，對不起啦，是我們不好，你不要生氣了啦～」

在騷動中不知躲到哪裡去的班長連忙趁這個時候從教室角落站了起來。

「大家都聽到了吧，子賢、子賢同學這樣為大家著想，大、大家應該好好體諒子賢同學的辛苦，不要、不要繼續吵下去了。」

雖然一句話講得結結巴巴的，但是班長仍然很努力地表現出威嚴，眾人聽完後逐漸從我身旁散去。

我連忙去看小千的狀況。

「對不起，連累到妳了。」

小千摸著後腦勺，而我的道歉卻換來她一個白眼。

「嘖！我們都認識多久了，你怎麼還這麼婆媽？」

小千沒好氣地把我推開。

「吶！你這個人啊，就是太過善良。這件事就不要放在心上了。」

小千拍拍我的手臂，表示她沒問題，但至少表達過歉意之後，讓我覺得沉重的內心輕盈不少。

剩下幾名男同學無奈地站在我的座位旁等著我，我勉強擠出微笑。

「不好意思，我可能有點累了，讓我去買個飲料提神吧！回來再繼續教你們。」

我從座位上起身，幾乎是要逃走般地離開了教室。

我來到位於三年級大樓一樓的販賣機投飲料，接著便站在一旁喝了起來。

雖然我對同學們說了那些話，但其實直到上課以前我都不打算回教室。

之所以要跑到這麼遠的地方，原因是三年級的學生多半都不認識我，在這裡我可以不受任何人矚目。

看著人們在走廊上來來去去，有說有笑，卻沒有任何一個人會停下腳步注意到我，這種感覺……讓人感到自由。

資優生、全校第一名、運動系社團最想招募的對象、文藝性社團最有興趣的學生……擁有那麼多名銜可能令某些人羨慕，也許更有人會期盼去過每節下課都不斷地受人邀約、毫無空暇的那種生活，然而我要說，我並不是真的那麼想要這些名號。

我只是為了跟姐姐一起生活的將來而念書而已。

除此之外的只是些困擾。

熱心助人、十項全能、聰明體貼……這些評語，請不要擅自加在我的身上！

就在我吸乾了鋁箔包，正這麼胡思亂想著的時候，我的面前赫然出現了一道陰影。

嚇！我連忙抬頭上望，卻看到臉前有三對大胸脯，我被女生的胸部包圍住了！這是怎麼一回事？是最新的整人遊戲嗎？

「小賢，怎麼一個人站在這裡，有什麼心事嗎？」

出現在眼前的居然是姐姐，兩旁的是不認識的學姐，不過應該是姐姐的同學。

「啊，沒有啦，我只是來買飲料啦！」

我連忙晃了晃手上的飲料。

「喔，原來是這樣啊，可是怎麼跑這麼遠來？」

「呃，我們二年級的販賣機賣完了。」

「噢噢～」

姐姐露出恍然大悟的表情，旁邊的學姐嘻嘻哈哈地頂了姐姐的肋部一下。

「欸，姚子實，這就是妳一直掛在嘴邊的老弟喔？是個帥哥捏，介紹一下啊！」

「嘿嘿，對啊，我老弟姚子賢啊，很帥對不對？不過他是我的喔。」姐姐得意地說道。

「小氣耶！」

咦？姐姐在說什麼啊，什麼我是她的，那個……哎呀！這個……聽得我都有點陶陶然。

「喂！好了啦，上課鐘快響了，趕快回教室吧！」

「喔喔，好，哎，子賢，你也趕快回去吧！」

「好的，姐姐慢走。」

「哎呀妳弟真有禮貌，哈哈哈哈……」

居然擺出一副為弟弟操心的可靠姐姐模樣，這樣的姐姐真是讓人窩心。

叮嚀交代後，姐姐便和她的同學們先行離去了，她們一邊走還一邊嬉鬧。

「喂對了我跟妳們說喔，一件超神祕的事情，我昨天回家以後就直接開始睡覺，結果今天不知怎地數學作業居然寫好了，還被數學老師誇讚說全對很難得喔！」

「啊哈哈哈，妳是睡傻了吧妳，什麼時候寫好的自己都不知道。」

「哪有，我真的沒印象了吼！」

「妳這傻妞，難不成妳是夢遊去寫作業的嗎？」

「那也太好了吧哈哈哈哈……」

嗯，還在後頭望著姐姐背影的我不自禁地想，不知情的人看到這日常光景，又有誰會把像是普通高中女生的姐姐，跟保護小鎮和平的英雄「繁星騎警」聯想在一起？

每個人都有不為人所知的面貌，還有那麼多的事情藏在另一邊，我們永遠看不見，就像姐姐永遠不會知道我幫她寫了全對的數學作業一樣。

好不容易上完了下午的課，身心俱疲的我巴不得早早回家，換上圍裙做上一桌好菜。只有看著姐姐津津有味地吃完一頓晚餐，我才能得到治癒。

幸好今天不必打工，既然如此，那麼繁星騎警也無須出動，太好了，這就代表我有機會跟姐姐一起回家。

時間還那麼早，對了，不如一起去逛街好了，我開始擅自在腦海中模擬起我和姐姐兩人手牽手，愉快地在商店街閒晃的情景。啊！姐姐一定會被陳列在架上五花八門的商品迷住，然後央求我買這個買那個，而我會一一答應，東西多到兩手捧不完。

不過既然是為了姐姐，那麼東西再多也不打緊，因為腦海中的姐姐跟現實一樣可愛。

結果我走到校門口的時候，姐姐還問我是不是遇到什麼好事，不然怎麼感覺那麼高興。

難得可以跟姐姐一起享受悠閒的放學時光，說心情不會好起來，那是騙人的。

不過我當然不會這樣跟姐姐說。

我們為了採買晚餐的材料而前往超市，當我提議可以先去附近的高中商圈逛一下的時候，姐姐鼓著腮幫子煩惱了一陣。

「哎唷，可是我沒有什麼特別要買的，我現在比較想要吃的耶！」

在那一瞬間，我真想公然在街頭大放鞭炮。

各位女性啊，請看看吧，這就是擁有古老傳統美德的我的姐姐，所表現出來的勤儉與知足啊！在這物欲橫流的社會裡，姐姐無論是面孔還是內心，都像一道清流一樣滑過世間。

我的心中感動得無以復加，但是我仍然努力保持著冷靜，否則大概真的會在街上跳起舞來。要作為一個能夠讓姐姐依靠的男人，穩重、安定、值得信賴，這三項特質是缺一不可的，這是自從小學時代問過姐姐將來想要嫁給什麼樣的男人以後，我就把它抄在筆記本天天拿出來警惕自己的座右銘。

不管怎樣，為了表示尊重姐姐的意願，我們決定直接前往超市。

超市有賣特價中的黑格蘭與西洋芹，我們還順便買了馬鈴薯、豬肉塊，打算做燉肉。我拿起花椰菜正打算放進購物籃，姐姐又把它拿了出來。

「我討厭吃花椰菜。」

「姐姐，不能這樣，花椰菜很營養，妳應該每天吃青菜。」

「我討厭吃青菜，吶！子賢，多買點肉嘛，多買點肉嘛！」

姐姐像個小孩子般開始耍撒起嬌來。

我該怎麼辦呢？

為了姐姐好，讓她每天定量攝取蔬菜水果是絕對必要的，但是不論我在午餐菜色裡做過多少努力，還是常常看到姐姐的飯盒裡留下一口都沒動過的蔬菜。平時來說，我在買菜時一定會注重全家人的健康，咬著牙揮去腦海中姐姐望著青菜苦惱皺眉的模樣，破釜沉舟地買下去，然而，這一次卻是姐姐親自在我的身邊央求我，甚至發動了猛烈的攻勢，攬住了我的手臂。

手臂上隱隱約約傳來了被兩團大又柔軟的物體貼上來的感覺，這種誘惑又有多少男人擋得住？

我低下頭，姐姐立刻以小貓般的視線對上我，呃啊！

我感覺意志的防線正以排山倒海的猛烈速度潰敗，在敵軍迅雷不及掩耳的攻勢下，輸得比遭受諾曼第搶灘的德軍還快，再這樣下去，我一定會被直搗黃龍，攻破首都。

不行，我不能這樣輕易失守。

我馬上在腦海中召開緊急會議。

腦海中的惡魔對我不懷好意地大笑，「既然姐姐都這麼求你了，不如就依從了她吧，話說回來你到底有多在意買不買青菜的事？你這個滿腦子只想著姐姐胸部的色胚！」

我連忙扯掉腦內議會中懸掛著寫有「姐姐的胸部碰到了我的手，很軟很舒服，諸君有何見解？」的紅布條，一邊氣急敗壞地對著腦中惡魔咆哮：住口，你住口，你到底收了姐姐多少錢？你這個惡魔！

接著我轉頭望向正閉眼思索、沉靜不語的腦中天使，只剩下這個名為我的良心的東西是我的最後希望。

天使睜開眼睛，鎮定地說：「正視你的內心吧，姚子賢，滿足姐姐的希望不正是你生存的最大意義嗎？」

一席話使我豁然開朗，茅塞頓開，果真是金玉良言啊！

就在這時，我感覺手臂上傳來的刺激更加強烈了，姐姐似乎把胸部貼得更緊，接著抓著我的手輕微晃動。

「買好～吃～的～肉～好～不～好～嘛～」

於是我就把花椰菜給放回去了。

這頓飯姐姐吃得很開心。

看著她高高興興吃飯的模樣，連帶我也感到一種什麼都值得了的欣慰感。

倒是媽媽的臉色有些難看。

「姚子實，妳為什麼都不吃青菜？」

「因為今天晚飯沒有青菜。」姐姐理直氣壯地說。

媽媽瞪了她一眼。

「是不是妳叫弟弟故意不買青菜？」

「哪有，不信妳問姚子賢。」

「一定是妳在旁邊搞鬼，不然弟弟那麼乖，怎麼可能會忘記買菜。」

「老媽都偏心，只疼弟弟。嗚嗚，我真可憐，怎麼都沒有人愛。」姐姐不滿地嘟囔著。

姐姐請不要難過，還有我會愛妳的。

媽媽朝我的位置看了過來，我只好趕快佯裝歉意地垂下了視線，最後媽只得放棄地嘆了一口氣。

「好了，吃飽了就趕快上去念書吧！」

「啊，我還想看八點檔。」

「少給我頂嘴，妳也不想想看上學期期末考妳考那什麼爛成績，怎不多學學妳弟弟，人家可是全校第一名。」

「什～麼～嘛～」

姐姐像針一樣扎過來的眼神看得我渾身刺痛，姐姐對不起，我不是故意的，我這麼努力念書也都是為了妳好，請妳一定要諒解。

「好啦，媽，姐姐的成績也沒有很差，她那麼聰明，一定很快就會追上同學的。」

「就是說啊，人家最近的作業都有寫對耶！」

這句話聽得我汗毛一豎，姐姐好像因為作業的事情而對自己產生了特別的自信，這……姐姐啊，弟弟我雖然可以幫妳寫作業，可是卻不能去幫妳考試啊！姐姐這副胸有成竹的表情反而讓我感到不安。

「姚子賢，你不要太寵你姐姐，她什麼料做媽媽的我難道還會不清楚嗎？」

媽媽瞇起了眼，一副懷疑的態度望著我們，讓姐姐更加氣惱了。

「好了啦，老婆，念書是他們小孩子自己的事，我們就不用管那麼多了。」

「嘖！」

「算了，我去念書了。」姐姐撇下碗筷，氣沖沖地回房間裡去了。

我擔憂地望著她的背影，這時候，卻聽到媽媽說：「真是的，這孩子……鎮上的和平要顧，自己的前途也得要把握好才行啊……」

我看見她的臉上卻是有些無奈的神情。

天下父母心。

收拾完碗筷，我也跟著回到房裡念書，可是剛打開書本，手機忽然響起音樂，我拿起來一看，發現居然是幻象隊長打來的。

「喂，是學長嗎？你現在有沒有空？」

剛接起手機，便聽到電話那頭傳來幻象隊長有些匆促的聲音。

「是喔，那好，學長等等在……碰頭。」

幻象隊長簡單地說明了狀況，接著便掛掉了手機，聽完這通電話以後，我嘆了口氣，深深感覺到事情似乎變得有些麻煩。

我換上了外出的服裝，離開了房間。

半個小時後，我來到居酒屋「櫻窟」的大門前，抬頭看著門口上方那面俗氣的霓虹燈櫻花招牌，猶豫了大概半秒鐘之後，我還是選擇走了進去。

瀰漫著粉紅色的霧濛空氣，回盪著老式演歌的狹隘空間，地板微濕，空蕩蕩的吧檯上，已經有兩個人坐在那裡。

「學長，這裡！」

幻象隊長一看見我便熱情地招手。

「學長怎麼這麼慢？」

還問我呢，從家裡出來以後，我還得先到漫畫租書店換衣服，變身成「厄影參謀」的模樣，才能來到這裡，怎麼快得起來？

我坐到他隔壁的隔壁的位置，也就是說，我跟幻象隊長的座位中間還夾著一個人。這時，坐在我們兩人中間的萬智博士抬起頭來，抽抽噎噎地嘆了口氣。

「嗚、嗚呼，我實在好不甘心，酒，再給我拿一瓶酒！」

「喂！老闆，再來一瓶祕魯！」

我皺了皺眉，萬智博士的面前已經擺放了兩、三個空啤酒瓶，而且幻象隊長也有喝，從他們身上散發出濃濃的酒味。

我不禁脫口問道：「這是怎麼一回事？」

「學長，我找你出來一起陪博士喝酒解解悶。」

「啊？但是我們都還未成年吧？」

「學長不要在意這麼多吼，男人之間有些事情，不靠祕魯怎麼說得出口，來，乾啦！」

說完幻象隊長硬是在我的杯子裡倒了滿滿的一杯酒，匡噹！酒瓶又空了，但是吧檯後面的老闆很快又遞上了兩瓶新的啤酒。

我說，經營這家居酒屋的老闆也真是一絕，放眼全鎮，也只有這家店會放任三個戴著面具、看起來絕對形貌可疑的人物坐在一起喝酒。難怪「櫻窟」會在「黑暗星雲」的部分成員間大受歡迎，成為他們下班後時常來喝一杯的場所。

我沒有辦法評論老闆為了賺錢而罔顧客人是否為危險人物的態度，但相對地，此刻我倒是很想弄清楚為什麼萬智博士要一臉鬱悶地坐在這裡藉酒消愁。

「博士發生了什麼事嗎？」

話一說完，萬智博士立刻滿腹委屈般地嚎啕大哭出來。

「嗚哇～我好鬱卒啊……嗚嗚，我的心血啊～」

「……還不都是冷夜元帥那傢伙。」一旁的幻象隊長撐著頭，忿忿不平地說。

「那個女人有夠小心眼，今天為了上次怪人青蛞蝓的事，居然把博士叫過去臭罵了整整三個小時。大魔王陛下都沒說話了，她憑什麼這麼囂張？」

「嗚嗚……她還說……她還說，如果下一次製造的怪人再失敗，就要考慮把我開除。」萬智博士哭著補充道。

「唔～這確實有點過分啊。」

「就是說啊，學長，我們這群人中就屬你最聰明，有沒有什麼好辦法啊？」

我望著眼前的酒杯開始思索，同時也在釐清目前的事態。

在黑暗星雲裡的幹部，包括冷夜元帥、幻象隊長跟我，幾乎都是透過打工傳單招募來的打工者，但是在組織成員中卻也有少部分屬於正職，例如萬智博士。

研發怪人和監督製造都不可能是讓打工成員兩天捕魚、三天曬網便可完成的事，而是要投注大量時間與心血，猶如將一株幼苗栽培成參天大樹般的浩大工程，而能完成這項任務的，也非是專家不可。

在記憶中，萬智博士原本是某間頂尖大學生物科技學系的助理教授，據說他才華洋溢，在很年輕的時候便嶄露頭角，然而進入了其實早已為各大學閥掌控的學術界之後，反而過得相當辛苦。

毫無人脈、背景的他，只知道埋頭於實驗室中拚命苦幹，完全忽略了與他人的交際應酬。過了不久，萬智博士以「長年未繳交像樣論文」、「論文內容天馬行空，不符合科學常識」為由，被那間大學趕了出來，毫無其他一技之長的他，就此在名為「現實社會」的大染缸中載浮載沉。

我曾經在偶然間看過他的論文題目，說實話，那些內容會被大學裡面的教授批評為不切實際也不是沒有原因的，因為萬智博士的研究領域早已超越人類的範疇，若不是擁有少許 γ-12 星知識背景的我，大概會以為這傢伙是靠寫三流科幻小說維生的作家。

不管如何，也許是萬智博士的聰明才智，或是他不幸的際遇，引起了大魔王陛下的注意，大魔王陛下把他招攬到黑暗星雲旗下，進行侵略怪人的開發，更供應他無限量的資金與技術支援（我不知道大魔王陛下雄厚資金的來源是什麼，據我研判，他應該也是某個星系的外星人吧），萬智博士至此可說如魚得水。

雖然萬智博士比我們早進入組織，位階卻在我們之下，而他甘心只當個研究主任的理由也相當簡單，正如現在我眼前抽泣著的這位男子所表現出來的一樣，萬智博士對學術以外的事情統統沒有概念。縱使他的年齡是我們的兩倍，心智的抗壓度卻可能只有我們的二分之一。

這樣的萬智博士，在遭受年紀還不到自己一半的冷夜元帥威脅恐嚇之下，自然一點辦法也沒有，而他心情的鬱悶更是可想而知。

「嗚嗚……我也很努力在幹了啊，可是怎麼知道每次怪人跟繁星騎警戰鬥的時候，重要的武裝不是故障就是出錯，明明前一天檢查都還好好的。」

我有一點心虛愧疚，感覺我必須對萬智博士現在的慘狀負上一些責任，於是我說：「博士你寬心吧，冷夜元帥那裡我會去跟她說的，請她不要意氣用事。」

「是啊！博士不要難過了，冷夜那妞最聽學長的話，學長一定有辦法的。」

「嗚~謝謝你們，謝謝你們。」

「不用客氣了，博士，大家都是自己人，來，一起把這杯乾了吧！」

幻象隊長豪邁地舉起酒杯。

我看你是自己想要喝酒才拉我們到這裡來的吧？我困擾地看著面前那杯動也沒動過的酒，最後還是在周遭氣氛的驅使下，勉強拿了起來。

「匡~」一聲，我們三個人的酒杯撞到了一起。

接著一飲而盡。

從萬智博士的話語裡我得到了一些特別的資訊，從居酒屋離開以後，我沒有馬上回家，而是繞過了半個小鎮，來到黑暗星雲的基地前面。

門沒有鎖，我輕易地走進基地。

雖然走廊上沒有照明，但憑著平時的記憶，我仍然找到了目的地，走廊盡頭的一間辦公室裡，昏黃的燈光流瀉出來。

我打開門。

「咦，是誰呀……噢，原來是你，厄影參謀。」

「……妳果然還在這裡，冷夜元帥。」

房間的內部，冷夜元帥依然埋首於案牘，堆積得厚厚一疊的文件像兩座小山，把她夾在中間。時值夏夜，天花板上那一盞風扇有氣無力地旋轉著，空氣窒悶而褥熱，冷夜元帥亦揮汗如雨。

我不知道該怎麼開口，結果我說出來的第一句話卻是……

「妳怎麼不開冷氣？」

「就我一個人在而已，開冷氣多浪費，不如幫組織省點電。」

我點點頭，心想這真是一個奇怪的人，今天明明就是休假的日子，冷夜元帥為什麼還要特地來基地上班？

「好多文件都沒有批改，如果只在來基地時處理的話根本處理不完。」冷夜元帥像是自言自語地說。

我想這也無可厚非，組織裡的幹部大多都像幻象隊長那樣，抱持著「反正我只是來打工的」這種心態在面對事情，每日坐領乾薪，得過且過。而大魔王陛下也從來不會去整肅他們，或者說，就放任這些人自由來去，有時候我很懷疑大魔王陛下到底有沒有心要搞侵略。

相較之下，冷夜元帥的這種認真，反而屬於異類。

「對了，今天不是上班的日子吧？」冷夜元帥擱下了筆，狐疑地看著我。

我聳聳肩。

「妳還不是一樣。」

「彼此彼此。」

冷夜元帥伸了個懶腰，接著嘆口氣。

「如果組織裡的大家都能稍微效法一下你的精神，我們的活動就會順利很多。只可惜，他們都是一群自私自利、只顧自己的人。」

「人各有志吧。」我說。

冷夜元帥一副不贊同的模樣，彎下嘴角。

「說這什麼話呢，在職場上盡心盡力，這不是最基本的要求嗎？」

「冷夜元帥，也許並不是每個人都像妳一樣以高標準要求自己，有些人單純只能完成自己分內所及的事情。」

「那種不思進取的人遲早要被淘汰。厄影，你雖然對自己的標準很高，可是對別人卻又太寬容了。」

面對冷夜元帥的指責，我只能苦笑。

「我今天遇到了萬智博士，冷夜元帥，妳會不會覺得妳對他說的話太重了一點？」

「那個沒用的男人，他跑去找你打小報告，還是哭訴？」

嚴格來講應該算是哭訴吧，但聽著冷夜元帥嚴厲的語氣，我試圖減低她對萬智博士的輕蔑。

「萬智博士並沒有哭，也沒有打小報告，只是，我從他的語氣聽得出來他十分地沮喪。說到底，侵略怪人個個都是他的心血結晶，被繁星騎警擊破的事，我想他也比誰都還難過。」

「光是感到難過有用嗎？做出點成績來呀！」

冷夜元帥煩躁地敲打著桌子。

「他可是領著大筆薪水，總不能一直這樣尸位素餐下去吧？」

「唔～我知道，可是，再多給他一點時間吧。」

「已經給過他很多次機會了，如果再一點成效也沒有，那麼也就該請大魔王陛下慎重考慮讓他走人。」

冷夜元帥撂下了重話，果決的語氣似乎完全沒有轉圜的餘地，但是要真如此，那萬智博士的下場可就不妙了，不管再怎麼絞盡腦汁，我也得想出個辦法才行。無奈冷夜元帥不是那麼容易被打動的人，正當我覺得一籌莫展之際，卻從她方才的話語中尋找到了一絲靈感。

「妳的意思是說，最終還是要讓大魔王陛下來決定，是吧？」

冷夜元帥歪過頭，不懷好意地猛瞪著我。

如果我的猜測沒有錯，冷夜元帥最終還是沒有決定成員去留的人事權，雖然她的位階比較高，但是如果無法影響到萬智博士的飯碗的話，那麼萬智博士也沒有理由要怕她。

承受著冷夜元帥灼灼的目光，我冷靜地衡量著，確信她只是在虛張聲勢。

但我好像錯了，冷夜元帥根本沒有我所想的那樣深沉，她在這沉默的片刻裡做了幾次深深的呼吸，接著聲音裡散發出被打敗的疲憊。

「那是當然啦……你以為我是什麼呀，我跟你一樣，都只是個工讀生呀！」

我瞬間被冷夜元帥所道出的簡單事實給擊敗，一絲苦笑從我的嘴角邊流露出來。

「確實……呢！」

冷夜元帥的表情像是在說「這不是再明顯不過的道理」嗎?但卻又稍稍刺痛了我。

是啊，為什麼我們會直覺地認為全組織的財務、人事跟行政事務統統都被冷夜元帥掌管了呢?不是因為只有她會去做這些事情嗎?不是因為有問題問她總是最清楚嗎?

說到底，正是因為我們其他人什麼都不管，才害得冷夜元帥必須每件事都要插手，否則黑暗星雲就沒有辦法正常運作了。

我是如此目光短淺，只是一個被面具、衣著跟裝模作樣的名號混淆了的普通人類，自以為在一間幽暗的密室裡頭與重要的人物商談多麼隱晦的機密大事，然而，這一切不過就是在過家家罷了。

這一瞬間，大概是心想到同一件事情的冷夜元帥也露出刺痛的表情，我們都從角色扮演裡頭抽離出來，重新面對現實，我恢復成姚子賢，而冷夜……

冷夜會恢復成什麼人呢?

我訝異地看著面前的少女，然而藏在她那張蝴蝶面具底下的動搖目光一閃而逝。

「你真的很聰明……太過聰明了呢，厄影，跟你講話很累。」

「對不起。」

「不……唉，這也是我自己不好，我的個性太過認真。」

我們小心翼翼地收拾起情緒，在那剎那間的軟弱過去之後，少女再度武裝起自己，而我，冷靜慎言的厄影參謀，則對著眼前孤高嚴肅的冷夜元帥表示敬意。

「那麼，關於萬智博士的討論就到此為止吧。無論如何，我們對於組織裡的同伴必須互相照應、提攜扶持，所以，我相信元帥您必然懂得如何拿捏分寸。」

「嗯，非常感謝參謀的建言，我會謹記在心。那我就再給他一次機會，假使萬智博士日後的工作績效有所改善的話，那麼我也會考慮撤回對他的懲處。」

我們裝作若無其事，平靜地結束了這個話題，我優雅地鞠了個躬，轉身從房間中退去。

走出門外，我輕輕地帶上門，就在門將掩未掩之際，我又聽見那裡頭傳來了沙沙的筆觸聲，似乎冷夜元帥又開始恢復工作。

門完全關上，寂寞的光線從門板下方透漏出來，瀰漫在我的腳後跟。我邁動腳步，踏入黑暗裡，將亮著光的房間遺忘在身後，走廊中回響著我的腳步聲，喀啦、喀啦……

回到家以後，爸爸正坐在客廳裡頭看電視，聽見了我的腳步聲，頭也不回地問道：「這麼晚了，去哪裡啦？」

「呃，出去一下，去見幾個朋友。」

「混到這麼晚才回來？」

「嗯，是啊！」

我輕輕地應付帶過，設法裝作若無其事地遠離爸爸坐著的沙發，因為我不想讓他聞到我身上的酒味，就在我沿著牆壁打算走回房間的時候，爸爸忽然開口。

「你們跑去喝酒呀？」

糟了，我竟然忘記了，γ-12星人的嗅覺靈敏程度比地球上的狗還要強，搞不好我還沒打開門之前爸爸就已經聞到我渾身的酒味了。我無奈地轉過頭看他，爸爸還是一動也不動地，眼睛直盯著電視，但是從他的語氣看來是想與我談一談。

我坐到沙發的另一邊。

「你應該先喝點水，解一解酒醉的。」

「不了，我還沒喝那麼多。」

「怎麼跑去喝酒呢？你的交友圈子裡面應該沒有會把你帶壞的爛朋友呀！」

「這個……有個年紀比較大的朋友遇到了一些難題，所以找我們訴苦。」

「噢，原來是這樣啊。」

爸爸一副理解了的樣子。爸爸似乎對於小孩子不能喝酒這件事情看得比較開，他覺得這些都只是我們自己做的決定，也許是因為 γ-12 星上的倫理觀念與地球不同吧！我想像得出來，要是現在換做是媽媽在這裡，一定會為我喝酒這件事情呼天搶地。

「那問題解決了嗎？」

「嗯……算是解決了吧。」

「那很好啊，去洗澡吧。」

但是我沒有動，爸爸因為電視上的綜藝節目橋段抽笑了一下，大概是在等我，他看得出來我有話想繼續談。

我整理著自己的思緒。

「對了，爸，你以前沒有執行任務的時候，都在做些什麼啊？」

爸爸沒有移動視線，伸手搔了搔下巴。

「唔，你是說以前嗎？多久以前啊？我做了好幾百年的地球防衛責任官，曾經陪著明朝的富商出海，也去過阿拉伯那一帶。」

「去那邊玩嗎？」

「玩什麼呀，我是去工作。在那幾年，亞坦星系的傢伙一直想在那邊挖石油運回他們自己的星球，我奉命去阻止他們。」

這倒不是我想聽到的回答。

「爸，我是問『你以前沒有執行任務的時候，都在做些什麼』。」

這次爸爸回頭看我。（雖然只持續了一秒，便又轉回去看電視。）

「嗯，好問題。平常的時候我也得像人類一樣吃飯、睡覺，所以我必須有收入才能養活自己，畢竟母星那邊付給我的薪水可不是地球的貨幣。除了等待母星通知我的任務以外，我選擇去當船員。」

「去當……船員？」

「嗯，是啊，通常每次事件的時間距離都很長，我有很多自己的時間，總不能一直待在同樣的地方，每天痴痴地等著母星的訊息吧？所以我決定要利用這些閒暇時間，多多體驗人類的生活。」

爸爸臉上露出了懷念的微笑。

「一開始的時候我就像所有剛任防衛官的年輕人，滿腔熱血逐漸在漫長而無聊的等待中消磨殆盡，當初懷著鴻鵠大志進入宇宙秩序部門，後來才知道一切都是騙人的。待在這種落後的星球，幾十年才難得有一趟任務，有的偏遠星球甚至一輩子都不會有人去侵略，然後你就把人生的黃金歲月全都耗費在這裡。我幹完了第一個一百年的時候，每天都恨不得想長出翅膀飛回去。」

「哇喔！」

我忍不住驚嘆，這些事蹟我從來沒聽爸爸說過。

「不過後來我也慢慢想通了……應該說，開始觀察人類以後，我發現人類其實也是很有趣的，雖然在我們眼中看來是無比原始的種族，但是人類也是很努力地在過自己的日子，一天天持續地進步。我在實習的時候看過不少種族，但是我敢斷言，沒有一個種族比人類更加有趣的了。」

「怎麼說呢？」

「因為人類總是有很多不一樣的臉啊！」

「咦？」

我下意識地摸了摸自己的臉頰。

「可是我只有一張臉啊。」

爸爸噗哧一笑。

「你不是很聰明嗎，怎麼會誤解我的意思呢？我說的臉，是指人類在應對不同情況，與不同人相處的時候所展現出來的相貌啊。」

「噢。」

「我看過殺人不眨眼的惡盜，在子女的面前是慈祥和藹的父親；也看過樂善好施的士紳，背地裡居然將許多少女推入火坑……不，應該說人類就是這個樣子，擁有無數種姿態，不斷地變換著面貌活著，也許在你我都看不見的地方，那個人又會是不一樣的模樣了。」

「γ-12星人不會這樣嗎？」

「我們不會這個樣子，我們是思考很單純的種族……唔，我想是因為在這個地方有所不同吧。」

爸爸說著摸了摸自己的胸口。

「心臟？」

「嗯，沒錯，地球上的人不是都說『用心去感覺』嗎？但是，實際上用來思考的器官應該是頭腦吧，但是人類還是會說傷心、心痛、心喜……之類的詞語，因為心是儲藏情感的地方。我還不曾看過其他種族擁有這樣的狀況。

「當一種生物進化到能夠擁有文明的高位階以後，理性思考將會取代原始本能，但在宇宙中，就我所知只有人類還保留著這種名為『感情』的獨特事物，而且相當程度上地影響著種族的行為。就是這種複雜的感情，才讓人類不得不將自己的內在分割成無數個面貌來活著。」

「好複雜啊……」我感嘆著說。

「是啊，不但複雜，而且讓人羨慕。」

「羨慕？」

「因為這是只有人類才擁有的獨特體驗……我花了好多年才學得到。」

不知為何，爸爸此刻露出非常溫柔的表情。

「光是體會到人類的情感，就讓我覺得來到地球真是無比美好的一件事，包括遇見你媽，包括生下你們。現在，我也擁有了能夠讓我放在心中珍惜的事物。這是拿全宇宙來跟我交換，我都不願意交出去的東西。」

唔……聽完爸爸的說明，我反而感到越來越不懂了。

「不過呢，其實你並不需要刻意去理解，你是人類，情感原本就是屬於你的本能。」

「我常常被人家說感情很淡薄呢！」

「大概是因為你的體內還有一些γ-12星人的血統吧。但是不要擔心，你跟子實不都好好地在適應著人類的社會嗎？」

嗯……看來似乎是我在鑽牛角尖，我點了點頭。

「我去洗澡了。」

爸爸應了一聲，繼續看起他的電視。接著我走出客廳。

整晚的疲憊在洗過一個舒服的熱水澡後得到了紓解。

為了萬智博士的事，我兜了好大一個圈子，浪費了好多力氣，回到了房間以後，我先是癱在椅子上休息了片刻，才撥號給幻象隊長。

「喂喂～是學長嗎？」

「嗯，是我，我已經成功說服冷夜元帥再多給博士一次機會，所以請博士不必擔心了。」

「哦哦，是真的嗎？太好了！學長你真是太帥了，喂！博士，你有聽到嗎？這下子你不用再煩惱啦！」

電話那頭傳來萬智博士喜極而泣的聲音，他似乎不停地在那裡說謝謝，大概是醉了在胡言亂語。

我順便提醒幻象隊長別太晚回家，還要他騎機車時千萬小心，幻象隊長對我說的話是連番答應，但我不知道他是否真的會做到。

不管如何，我能做的都已經做了。

剩下就得要看博士自己了吧。

疲倦的我，很快地倒頭在床上，可是卻輾轉反側難以成眠。

心中亂糟糟的，腦海裡不斷回響的是當時與冷夜元帥對話的聲音。

在那一刻，我們都從滑稽虛偽的掩飾中，暴露出最原本的自己。

如今想來，每件事都好像交纏在一塊的線頭般無理繁複。冷夜元帥雖然抱怨黑暗星雲裡完全沒有認真想做事的人們，然而，這也是因為黑暗星雲原本就是一個侵略者的組織，不是嗎？

認真侵略的行動本身就是對和平安穩的小鎮產生破壞，我們換上衣裝、戴上面具，就是為了有別於在小鎮上擁有各自身分的「自己」，一旦從基地裡離開，我們又能恢復到那寶貴的「日常生活」之中。如此一來，假使更加積極地投入侵略者的活動，也只會對這「平衡」造成影響。

那麼，冷夜元帥的情形又是怎麼樣呢？看她的模樣，很難想像她在現實之中也會是那種行為鬆散頹廢的人，反倒應該是認真努力地過著每一天，想把每件事情都做好的那種人吧。可是，不管現實生活中的事情做得多完美，一旦被破壞殆盡，不就什麼意義都沒有了嗎？冷夜元帥會不會察覺到，自己所做的一切，其實是將自己存在的價值統統逼向毀滅的矛盾之中呢？

這些難解的問題宛如隕石般不斷地朝我轟炸，弄得我心煩意亂，不知不覺中，意識逐漸遠去，再也不能思考，我便這樣地陷入了夢鄉。

不知睡了多久，我從淺眠中忽然醒來，同時感覺到喉嚨異常地乾渴。可惡，一定是因為酒喝多了的緣故。我試圖吞口水來消除口渴感，可是沒有用，結果反而讓我翻來覆去睡不著，只好起來喝水。

路過走廊的時候，我發現姐姐的房間裡頭還亮著燈，這是什麼情況？現在不是都已經半夜了嗎？

我輕輕地推開門，藉著一點縫隙想偷看姐姐在做什麼，結果發現姐姐在房間裡做著一種古怪的姿勢。

「唔～唔～」

要維持那種姿勢似乎不簡單，看起來筋骨得要很柔軟，我看著姐姐費力地擺出違反人體工學的姿勢以後，因為重心不穩而整個向前倒下，哎唷！

看起來就很痛。

臉整個砸中了地板，鼻子不會扁掉吧？

姐姐哼哼唧唧地爬了起來，因為在深夜裡怕吵醒父母而不敢發出太大的聲音，只好流著眼淚發出悶哼。就在這時姐姐似乎發現了我。

「咦？」

「哎，嗨！」

我只好推開門大大方方地走進去。

「你怎麼還不睡啊？」姐姐嘟著腮幫子向上看著我，好像有點難為情。

「醒來喝水……妳是在研究新的必殺技嗎？」

「什麼必殺技啦！我在做瑜伽。」

瑜伽？

我撿起攤在地板上的雜誌讀著，上面有很多穿韻律服的女生，正用各種稀奇古怪的姿勢，一邊擺出笑臉面對著鏡頭。按照書上的說明，瑜伽是種瘦身、美體的健康運動。

「為什麼要做這個？」我不解地問道。

姐姐擺出了一副臭臉。

「當然是為了塑身啊！」

她無奈地挽起袖子和褲管，分別露出上臂和小腿的肌肉。

「每天有氧運動量不足，其他運動都是跟怪人打架，你看，人家肌肉都長出來了啦！」

確實，雖然即使是夏天也會被短袖的衣服遮著，可是姐姐的上手臂可不像同年齡女學生那樣手無縛雞之力，那是用力就會隆起一座小山丘的健康手臂。至於小腿……我是看不出什麼異常，但是姐姐一邊摸著小腿一邊碎碎念著「矮唷好嚴重的蘿蔔腿，我看小白兔一定會很愛吃」之類的話。

應該說是白蘿蔔嗎？不要說是小白兔了，連我看到姐姐白皙的小腿也很想啃下去……不對我在說什麼？

「但是，我看起來還好啊！」

我試圖安慰姐姐，從我眼中看來姐姐根本就沒有異狀，這身材不是剛好得不得了嗎？

「才不好吧，肌肉，肌肉耶！拜託，像我這個年紀的女學生誰會有肌肉啊？被人家看到會被笑死吧？男生也不會喜歡有肌肉的女生啦～啊，再這樣下去我就沒人要啦，我也想要交男朋友～」

男、男朋友？誰，誰敢打姐姐的主意？我不會放過你的，畜生！我一時之間慌亂了起來。

「交、交男朋友什麼的還太早了吧？」

快死了這條心吧姐姐！我焦急地想著。

「那不是重點吼，重點是我想受歡迎啊！」

「姐姐不需要受到歡迎啦。」

只要我歡迎姐姐就可以了，哎唷不對我到底在幹嘛啊？

姐姐一臉大受打擊的表情望著我。

「姚子賢，怎麼連你也這樣？」

她的樣子簡直快要哭出來了。

「沒有，我不是那個意思啦。我是說，姐姐這樣就很好看了，不需要再多做額外的修飾呀。」

我急忙想要修補姐姐心靈受到的損傷，同時咒罵自己的愚蠢。姐姐看起來還是對自己手臂上的肌肉相當在意。

「吶，你摸摸看。」

咦，可以嗎？真的可以嗎？真的真的可以嗎？

我狐疑地瞪大了眼睛，但是姐姐一臉認真的樣子點了點頭。

那我就摸了喔……

嗯我不客氣了。

「哎唷，笨蛋，不是摸那裡啦，是手臂，手臂，你想到哪裡去？」

姐姐用力地打了我的手一下，我吃痛地輕叫了一聲，接著摸上姐姐的上臂。

嗯……軟軟的，皮膚光滑光滑的，摸起來好舒服。

姐姐輕輕使了點力，肌肉隆了起來。

「超明顯的。」姐姐煩惱地說。

嘛……說起來也是，姐姐再怎麼說也是有著校花級的臉蛋，外貌看起來清純文靜動人（這可不是我自己說的，而是全校同學都這麼盛傳），假使這樣一個走文藝風的美女忽然秀起運動系女孩都自嘆不如的二頭肌，對姐姐的形象不知道會造成什麼樣的影響，確實有必要慎重採取對策。

我又再仔細觀察了一下。

「可是，這裡不是會被夏季衣服遮著嗎？」

「今年流行細肩帶小洋裝耶，我也想跟上時代潮流啊，手臂變粗就不能穿了。」

對耶，我也好想看姐姐穿細肩帶小洋裝的畫面……那個，咦，但是……

「妳不是有一條絲巾披肩嗎？拿那個遮手臂就好了啊！」

「咦？」姐姐恍然大悟似地睜大了眼睛。

妳傻的喔？

可惡，這樣傻呼呼的姐姐讓人超想抱進懷裡面狂蹭！

此刻的我雖然表面平靜，心中卻是波濤洶湧，快要難以自持。

姐姐張開了嘴，一臉難以置信的神情。

「姚子賢，你好聰明喔，真的是天才耶。」

砰！我聽到我心底火山爆發出來的聲音，不過我還是故意裝得游刃有餘。

「哎，不過，你怎麼知道我有那條披肩？我超久沒戴過它了，我記得上次看到它是在內衣櫃裡的最下層。」

姐姐起身開始去翻衣櫃，在這期間我始終不動聲色——那條披肩可是我親手放進去的。

這可是身為弟弟基本的要領，瞭解姐姐的身材尺寸不但是基本中的基本，當然更要隨時掌控姐姐衣櫃裡頭存放著什麼東西，再隨季節恰當地做出搭配。姐姐衣櫃裡的每一套衣服都由我親手摺過，再參照服裝搭配指南精心挑選，連配件也絕不馬虎，過季或是已經穿不下的衣服，則要仔細收起或適當地處理掉。

在英國五星級旅館的侍者守則裡，貴賓的褲子甚至得摺到一抖開就能直接穿上，我所做的事情比起那些偉大的服務專家不過是九牛一毛，然而我依然極為尊崇這些人的精神。

這些事情我是絕對不會讓姐姐知情的，姐姐只要盡情地享受著宛如魔法般的祕密服務就夠了，這就是我作為弟弟的體貼。

片刻後，姐姐不但找出了絲巾披肩，甚至還順便拿出了一件洋裝和雪紡短外套，無論如何，姐姐拿出來的東西都不讓我意外，走仕女風的短袖薄外套看起來自有種顯瘦的清爽感，擺在洋裝旁邊很難不吸引姐姐的眼睛，不管哪個都是今夏（我想看見的）姐姐的亮點。

「你覺得怎樣？」姐姐左右比較著披肩跟外套，一邊詢問著我的意見。

「兩個都很好看，不過，在夏天穿外套不會太熱嗎？」

雖然希望看見姐姐穿著這件外套走溫文賢淑風，但是我也不忘貼心地叮嚀姐姐，畢竟身體可是最重要的，特別是最近可能熱到中暑。

「女人為了美，沒在管季節的吧！」

姐姐隨口便說出了至理名言，接著對兩件搭配品仔細觀看，一副猶豫不決的樣子。

「噢……嗯嗯……果然還是要穿穿看才知道呢！」

「咦，什麼，現在嗎？」

「對啊！」

我家的姐姐是衝動派！

「給我把頭轉過去喔。」

我依言乖乖地照辦，從腦後方不斷傳來窸窸窣窣的聲音。

嘩啦！應該是衣服掉落到地上的聲響，咕嘟，我吞嚥著口水，努力維持住自己的軍心。

沙喇～沙喇～令人無法不多做揣想的聲音不斷考驗著我的自制之力，經過無比漫長的一世紀之後（實際上只有五分鐘而已），姐姐的聲音從背後傳來。

「好了，你現在可以轉頭了。」

我回頭，眼前的景象令我無比驚訝。姐姐穿上乳白色的小碎花洋裝，紅、藍相間的穗串小花朵開在裙襬上，宛如一片盛開燦爛的春野，肩膀上，披著一條淡綠色絲巾披肩，有如散發沁涼氣息的常春藤，我情不自禁地入迷。

「好看嗎？」姐姐漾著微笑問我。

「當然好看。」

我大力點頭。好看，當然好看，姐姐穿什麼都好看。

「喔喔，感覺效果不錯。不過不知道搭外套的樣子如何。喂！姚子賢，頭給我轉過去。」

什麼呀！只不過把披肩卸下來換成外套也要我轉頭嗎？但是看姐姐一副篤定的樣子，我也無法違抗她的意思。

「好看嗎？」

「好看，好看！」

「那這個呢？」

「好看，真的好看。」

「喔喔，趕快來試穿下一件。」

「……」

姐姐似乎穿出樂子來了，來回在床前與衣櫃間，一件又一件地不停換著衣飾（當然我的頭也得不停地轉過來轉過去）。

「嗯嗯～姚子賢這件呢這件呢？」

「……好看。」

咕哈～我打了一個大大的哈欠，強撐的眼皮已經不知道多少次掉落下來，似乎……是到極限了。

這時連帶著我讚美姐姐的音量也越來越弱，雖然我非常想繼續稱讚姐姐讓她高興，但我發現無論我再怎麼努力，喉嚨都不願意再度發出聲音，還有，嗯，還有……嗯……我無法思考了。

咚！

這是什麼東西呀？

地板好冰～好涼～

PRODUCTION

姐姐是地球英雄，弟弟我是侵略者幹部

女籃隊的激烈死鬥

03

晨光輕輕地灑落在我的眼皮上。

有一種很溫暖的感覺。

我從來不知道原來床是這麼美好的事物。床是這麼地柔軟，枕頭散發出來的味道是這麼地香，棉被暖烘烘地這麼舒服，還有這麼柔軟又溫暖的抱枕～

咦，抱枕？

我的房間裡哪來的抱枕？

我雖然還閉著眼睛，但精神上卻頓時完全清醒過來，不可思議的香味不停飄入我鼻孔。我將意識凝聚在指尖，感受著手掌中抓住的那個東西的觸感，隔著一層布料的觸覺中，是一種很奇妙的手感，某種會滑動、軟乎乎的東西，像是布丁。

我急忙睜開眼睛，心臟幾乎霎時停止。

出現在我眼前的是姐姐素顏的睡臉，洋溢著幸福溫馨表情而熟睡的她，毫無防備地將臉轉向我，半啟的嘴唇中傳出陣陣穩定而和緩的輕鼾，嘶呼～嘶呼～

我屏住呼吸，大力催促我的心臟繼續努力跳動，否則我真的會在這一刻因為過度幸福而死掉。

我吞了吞口水，結果讓我自己嚇了一跳，在我錯亂又敏感的神經之下，吞口水的聲音聽起來就像打雷一樣大。我的右手動也不能動，它環過姐姐的腰間，最後停留在絕對是姐姐屁股的地方（雖然我看不到，但是那地方軟得不可思議）。

該死，我的右手，你到底在幹什麼？姐姐的身體豈是你這傢伙可以任意褻玩的？給我起來！

但是這隻不長進的右手不但堅決違抗我的意志，甚至還在腦海中對著我發出了嘲笑。

「你還不是有摸？你還不是有摸？」

在這惱人的叫囂間，我發現一旦我想要移動右手，熟睡中的姐姐馬上會發出一陣「嗚嗯～」的呻吟聲，因為怕把她吵醒，我根本無法執行挪動手臂的計畫。

不得已了，只好繼續把右手擺在同樣的位置，現在我唯一能夠寄望的就只剩下我那灌注了正直與高尚情操的左手，我慎重又緩慢地想將我的左手從姐姐的胸部上移開，但是就連這件事情也失敗了。

我的左手無奈地表示必須停留在原地，因為姐姐的一隻手正緊緊壓在左臂的上方，我的左臂彎曲起來，能夠自由運動的地方就只剩下手掌，也就是只能做出「揉」這個動作。

所有作戰完全失敗，這真是史上最兵敗如山倒的一場戰役，我在天時地利人和皆不允許的情況下，不得不死心接受這個事實。我感到悲痛莫名，但不知為何在悲痛中卻又感到一點點小小的歡喜。

透過姐姐背後的窗戶，陽光漸漸地照射進來，這時從我的眼中望過去，姐姐的背後開始散發出炫目的光亮，咦，這是什麼？

原來是女神！

我一時之間非常訝異，緊接著而來的是更加排山倒海的感受。

俗話說，痛苦會過去，美會留下。時間慢慢流逝，在這極致的煎熬之中，不知是否某種東西開始昇華，如果有的話，一定就是那股幸福感，就像熬煮出糖一樣！

姐姐睡眠中的臉龐、姐姐柔軟的身體……還有那頭髮間的香味、呼吸的吐納……天啊，我根本是置身於藝術之中，朝聞道，夕死可矣！

真希望這時間永遠不會結束。

「喂！姚子實、姚子賢，起床吃早餐囉！」

媽媽的喊聲這時卻由樓下傳上來，劃破了這份寂靜。

「唔～人家還想睡。」

姐姐慵懶地埋怨著，身體順勢翻轉，就此脫出我的懷中。

有點失落啊……

「幾點了？」

大力搖搖頭的姐姐詢問著毫無意義的問句，大概是在讓自己清醒過來。

我安靜地看著她。

接著，姐姐側過了身，原本迷濛的雙眼逐漸對焦凝神，映入我的面孔。

「啊，你醒來了喔，早安。」

「早安。」

我只能這麼說。

「你昨晚講話講到一半就忽然睡著了你知道嗎？我又沒有辦法把你拖回房間。」

姐姐一邊啃著吐司一邊說道，會說出這段話的原因是因為我問她為什麼我會睡在她床上。

我問她：「沒有關係嗎？」

姐姐若無其事地回答：「有什麼關係，小時候我們兩個還不是常常一起睡。」

是這樣沒錯啦，但是那是上一間屋子房間數不夠的時候，才讓我們兩個一起睡雙人床，現在搬來鎮上以後，家裡的空間寬敞很多，所以我們才會有各自的房間。

「你們還在閒聊，快遲到了喔。」

「呼咦，嗚哇，偶啦吐不可哎凹嗯呸哇啦！」

姐姐猛然抬起頭看向牆上的時鐘，一臉驚慌地把吐司統統塞進嘴裡，拎起書包就要離開，沒想到卻被媽媽制止了。

「給我乖乖坐下來吃完早餐再走，否則妳這樣會消化不良。還有我也不想要看到我女兒一邊咬著吐司一邊在路上跑的蠢樣。」

從某方面來說，媽媽也許是全鎮上最強大的生物也說不一定，畢竟能夠輕鬆打倒無數怪人的繁星騎警真身——也就是姐姐，在媽媽的教訓之下，也只能夠像隻聽話的小雞，乖乖坐回到座位上。

姐姐一臉不甘不願的模樣，桌上除了吐司夾荷包蛋之外，還有媽媽調理的生菜沙拉，姐姐望著玻璃碗裡面全部由綠色蔬菜組成的東西，整張臉青得跟那些蔬菜一模一樣。

「不要那張臉。」媽媽告誡說。

在姐姐胡言亂語的時候，我已經默默地把早餐全都吃完，正想起身，卻被一個人拉住。

姐姐無助地望著我。

「姚子賢，你不准幫她。」

姐姐茫然地望向媽媽。

「看什麼，這是為了妳好。」

姐姐絕望地望向那碗沙拉。

「這就是你今天為什麼遲到的原因嗎？」

小千鐵青著一張臉問我，一邊在點名簿上記錄：姚子賢，早自習時間遲到，操行扣零點五分。

我點了點頭。

小千一臉受不了的神色望著我。

「喂！你不要太誇張好不好，明明是小實姐個人的問題，你幹嘛把自己拖下水？」

「姐姐有難，做弟弟的我如果自己苟且偷生，我無法原諒我自己。」我字字出自肺腑地說。

「有難個屁，只不過是吃碗沙拉而已。」

小千舉起點名簿，差點就要朝我的頭招呼過來，我甚至連手都舉起來了，但是她強忍住。放下點名簿的小千，心情明顯地有些不爽。

「你就是這樣才會永遠拿不到德育獎。」

她指的是我國高中這幾年屢屢因為遲到、缺席（姐姐在校受傷必須看護）或請假（姐姐生病時需要照顧，不過媽媽常常不准我請這個假）而使得操行成績受到影響。但這都是些世俗的虛名，其實我並不在乎。與其為了這區區的一點分數，我更寧願留在家裡照顧姐姐。

「我覺得無所謂，還是妳很希望我得那個獎？」

「才、才不是呢，你得不得獎關我屁事啊！只是覺得有一點點惋惜而已啦。」

小千哼了一聲。

「對了，小千，女籃隊今天是不是要跟別校打比賽？」

小千一臉訝異地看著我。

「你居然記得？」

「是啊，嗯，當然囉，因為……」

因為姐姐也是屬於同一個社團，所以我早就把女籃隊每個月的行程全都記下來了，但是就在我差點說出真正原因的前一秒，忽然一股警示鈴般的聲音在我內心響起，於是我及時轉變了接下來說出口的話。

「……因為這是小千妳重要的活動呀。時間是在七八節的社團活動吧，我會蹺掉社團去幫妳加油的。」

「這……這個，不必啦，不必蹺掉……」

小千有些遲疑地皺起了眉頭，個性一向爽朗的她，這時候不知道在顧忌些什麼。

「沒關係，反正我本來就是幽靈社員。」

我從一年級下學期開始加入的「宇宙人意志研究會」，是個完全沒有在運作、我也不知道實際內容是在做什麼的社團。會加入這個莫名其妙的社團，主要是因為我時常要去運動性或文藝性社團支援，各個社長們於是私下相互折衝，最後決定讓我加入一個完全中立的社團，對大家都比較公平。

對我來說，反正我也沒有特別想做的事情，於是在半推半就之下就順勢加入了這個社團。當每週一次的社團活動時，我要不就在各社團之間遊走，要不就待在社辦，從二樓的窗戶可以很清楚地看見操場上的運動性社團練習光景。

姐姐和小千一樣，加入的是女籃隊（社），只不過姐姐所待的二軍幾乎是純玩樂性質，而小千則是屬於擔負為校爭光之重責大任的一軍。

基於籃球是種高度肢體碰撞的激烈運動，怕姐姐在比賽中出了什麼意外，我為了能在第一時間就伸出援手，每次女籃的練習，我都會從社辦認真地往下看，可以看上整整兩節，永遠看不膩，幸好姐姐始終十分平安。

「而且我本來就滿常看妳們練習的。」

「呃，這個，我知道，你常常從樓上往下看。」

小千的臉突然紅了起來，是中暑了嗎？下午就要比賽了，主將現在中暑可不太妙啊。

察覺到我關切的眼神，小千的視線開始到處亂瞟。

「嗯……沒想到你居然會特別記得我的比賽什麼的呢。」

「是啊。」

我順勢接下她的話，小千聽了以後，感覺更加開心了。

對了，如果是打校際比賽的話，姐姐有沒有機會上場呢？

感覺應該是不太可能讓二軍上場，畢竟一軍也有候補選手，而二軍幾乎都只是為了體驗籃球的樂趣而加入，姐姐的表現在其中也不算突出。

想到這裡，我不禁暗自為姐姐感到可惜。

話說姐姐的體育成績一向都中規中矩，不太出色，然而這卻是萬萬不得已的偽裝。可別忘了姐姐身上流著γ-12星人的血，如果不希望看到一名女高中生在校三年連續打破世界上每一項運動紀錄，並締造一百年內絕對超越不了的成績的話，最好還是盡量低調一點。

爸爸對姐姐的成績表現一向沒有什麼意見，但只有這一點嚴格要求姐姐必須韜光養晦，以免惹來不必要的麻煩。

幸好姐姐天性就是如此謙遜，從來不曾拿自己的天賦到處張揚，這麼多年來一次也沒有讓人懷疑過她的身分。

「我會去加油的，比賽要好好努力啊，為校爭光。」

我們學校的女籃隊已經多年沒有打進校際聯賽的第二輪了，但是由小千所帶領的這一代似乎比以往更為強悍，很多人都看好她們能夠一雪前恥。

「放心好了，這次我們一定會贏的。」

聽了我的打氣，小千似乎很高興，臉頰變得更加紅撲撲了。

時間來到下午的第七八節社團活動，下課鐘聲響起的那一瞬間，我便匆匆收拾好一切物品，急急忙忙從後門離開。果然，我後腳才剛踏出教室門外，就聽到前門傳來一片嘈雜的喧響。

「姚子賢同學在哪裡？棒球社需要你！」

「姚子賢同學在嗎？今天柔道社有友誼比賽！」

「姚子賢同學——」

抱歉了，各位，雖然平時我總是不會拒絕這些邀約，但是今天例外，我已經答應過好朋友要去替她加油了。

難得無事一身輕的午後，陽光舒適怡人地照耀著，天氣晴朗，但稍微有些雲層遮擋了太陽，氣溫並不酷熱。我來到操場上，女籃隊的成員已經事先前來整理場地，裝滿了幾十顆籃球的巨大球箱被拖到賽場的邊緣，幾個學妹正拿著掃把勤快地在場上掃地。

籃球場的一隅架設了裁判席，旁邊還有成排的鋪墊，方便前來加油的學生席地而坐，我先把書包放到了一個較好的位置，接著走向正準備開始練習的女籃隊員。

小千穿著綠色的球衣，站在球場中央明顯易見。

咦？遠遠地，我看見一個人影正奔向小千。

「小～千～」換上體育服的姐姐從操場的另一邊衝了過來，遠遠地就揮手熱情叫道。

「咦？小實姐！」小千也開心地回應。

我們兩家彼此為鄰，兒女又在同一所學校念書，雖然不及於我，但小千與姐姐的感情也是相當要好。

姐姐撲上去摟著小千的腰又笑又跳，她就是這樣率性任真的個性。

「今天的比賽要加油喔，加油喔加油喔，看妳的了。」

「當然，我會努力的。哎唷，小實姐，不要再跳了啦，大家都在看。」

小千一開始還很開心地跟著姐姐玩鬧，但是後來發現人群的目光漸漸朝她們投射過來，變得有些不知所措。

三年級的校花與二年級的女籃主將，確實是容易吸引目光的焦點，但是當我看到那些男生們在大飽眼福之餘還露出不懷好意的表情時，還是不由得動怒。喂！別人家的姐姐你們看什麼看？

「呀啊——」

另一陣高分貝的刺耳尖叫猝然響起，這一次的騷動卻是由女籃成員自己所發出來的。

「哇啊～是姚子賢同學～」

「在哪裡在哪裡？喔喔～好帥～」

「沉默冷淡型，我的菜。」

女籃隊員們講的那些稀奇古怪的話，弄得我有些受不了，但是我所到之處常常會出現這種噪音，我必須忍受。

我走到姐姐和小千身邊，一面摀著耳朵一面對她們說：「好吵，這樣等等不會影響到妳們打球嗎？」

「哈哈，習慣就好。等等上了場，大家都會很認真的。」小千苦笑著說。

「喂喂，子賢，你也來幫小千加油嗎？」

「這是當然的啊，姐姐妳呢？」

其實我是想和姐姐坐在一起替小千加油，但是姐姐說：「我也是想幫小千加油啊，但是老師說要趁二軍比賽讓我們二軍測投籃成績，平常二軍練習時都沒有測試的空閒。」

「……真是認真的老師啊。」我感嘆地說，女籃隊的二軍就是跟同好會沒什麼兩樣的地方，但是指導老師好像還是很用心在執教。

「哎唷，我們哪敢勞煩學姐們特地來幫我們加油啊！應該說，學姐們跑來看才會讓我們壓力更大吧！」小千在面前揮了揮手說道。

順帶一提，我們學校所採取的方針是不論年級都得參加社團，即使是三年級也不應該為了應考而偏廢。雖然說文藝性社團較受三年級學生的歡迎，但是女籃二軍中還是有很多前一軍成員的學姐，她們心繫女籃而不打算離開，寧願選擇留在二軍幫忙。不管怎樣，被以前的學姐們盯著打球，恐怕不是一件輕鬆的事情吧。

「是喔～哈哈，她們的確是有些不好相處，不過沒關係啦！哎唷，等等，老師好像在吹哨了，我得過去啦。姚子賢，你要連我的份一起努力加油啊，這個重責大任就交給你了。」

姐姐聽到了哨音，連忙朝著另一個方向跑過去了。

「我會努力的。」

就交給我吧！既然是姐姐所交付的重要任務，那麼我說什麼也會把它完成。我對著姐姐的背影肅穆地立正。

小千一臉狐疑地瞥了過來，語帶玄機地問道：「那麼，姚子賢你等等會認真幫我加油的吧？」

「當然啊。」

「是出自真心還是因為小實姐的吩咐呀？」

小千的話問得很有技巧，霎時間某種本能的警訊在我心中響起，雖然我不知道即將面臨的是什麼樣的危險，但是小千輕飄飄的語氣和故作柔和的面容，卻讓我直覺到宛如面對一顆未爆彈般的緊張。

我愣了一愣。

「就算姐姐不說，我也會替妳加油。」我認真地這麼回答。

這個答案不是理所當然的嗎？小千和我認識了這麼久，說我們是十分要好的朋友也不為過。何況小千平常幫了我這麼多，在小千重要的比賽裡，我當然也沒有缺席的理由。

小千似乎對這個答案很滿意，我又度過了另一重難關，不由得鬆了一口氣，但是話說回來，我剛剛為什麼要覺得緊張呢？

「有人替妳加油的感覺很好吧？」

「唔……可是，是你的話，我也不稀罕……哎唷，你那什麼眼神？我就勉勉強強接受啦……我要你認真替我加油喔！」

到底是想要還是不想要？

「就這樣吧，我先去準備啦！」小千用拳頭抵了抵我的肩膀說。

「一定要贏喔。」

「一定。」

我轉身回到觀眾席，小千也走回隊上。

「好了，各位，大家都知道今天是一場重要的比賽，關係到我們能不能打進八強。」

小千召集了即將上場的成員開始說話，女籃隊員們聚成一圈，將小千圍在中心。

「有很多同學都特地來替我們加油，大家不要讓他們失望。」

小千說完，隨即有許多成員開始嘻嘻笑了起來。

「連二年級那個名人姚子賢也在耶！他是衝著隊長來的吧？」

接著一名隊員輕輕頂了頂小千的肋骨。

「喂！隊長，你們在交往嗎？」

「胡、胡說什麼東西啊？」小千紅著臉大罵，但是罵得有些中氣不足，像是突然被嚇到而不知所措。

「哈哈，還不承認，要不是這樣人家怎麼會特別跑來看妳？」

「是……是以同學的身分來看我們女籃比賽好嗎？」

小千激動得舉起拳頭，但隨即又像是放棄似地放下，臉上神情既好氣又好笑。

「夠了，不要再說這些廢話了，趕快熱身準備上場吧！」

「唷～好咧，在隊長的意中人面前，我們要好好表現！」

「一純高中加油！加油！」

眾人歡呼過後，小千壓低聲音向隊員說話，似乎是在討論戰術，從我這個距離有些聽不清楚，但看樣子隊員們是成功地被小千激勵起來了。

先前盤旋在女籃隊員們中的那股緊張感似乎已經煙消雲散了，看來小千雖然帶隊並不嚴厲，但卻是個很得隊員信賴與敬重的隊長。現在女籃隊員們個個精神抖擻，氣勢昂揚，看起來的確是一支能夠克服任何阻礙的雄師。

這時前面人潮一陣窸窣囔動，我看見一支隊伍排開圍觀群眾，從容不迫地走進場中央。她們穿著鮮豔的紅色體育服外套，短褲下露出肌肉強健的小腿，每個人的臉上絲毫不見來到客場作戰的懼色。

我聽見身旁的同學竊竊私語。

「她們就是去年縣內聯賽拿到冠軍的隊伍。」

我深吸了一口氣，開始對這場仗的勝負感到擔憂，可是我望過去，卻看見小千望著她們的表情滿不在乎，似乎胸有成竹。

兩支隊伍分排在場上列隊而開，一時間空氣中充滿緊張肅殺的氣氛，小千和敵方的隊長在球場中央略微蹲下，裁判擲球，雙方各自喊出驚人的氣勢，球賽就在她們縱身一跳後正式開始。

咚！咚！咚！

社團時間，原本理應喧譁吵鬧的運動場上竟然鴉雀無聲，每個人都屏著氣息觀看這場你來我往的拉鋸大戰。

前三節戰況異常激烈，紅隊不愧是去年稱霸縣內的王者，球員個個發揮精湛的球技，以狂風暴雨般的攻擊轟炸著我校的籃框；然而綠隊也不甘示弱，在小千的率領之下，狠狠咬住比數不放，小千一個人騁馳在進攻與防守兩端，得到了全場最多的分數與最多的籃板。

運球的聲響彷彿契合著心跳的節奏，揪緊了每個人的情緒。

時間來到第四節的最後五分鐘，打了超過三十分鐘的比賽，此時小千汗水淋漓，頻頻喘氣，她那被汗水浸濕的頭髮扭成一條條粗厚的辮子，貼在額頭上，原本清秀的臉龐也由於疲累而不斷扭曲，不時露出有如惡鬼般的猙獰。

對方察覺到了小千的疲倦，紅隊的隊長更是不停地貼著小千的身體運球，硬是要耗盡小千最後一絲體力。

小千奮力地防守著，卻因一個重心不穩被對方撞倒，對方趁著這個機會起跳，近距離射籃，穩穩入網，得分。

「暫停！暫停！」

指導老師連忙喊停，候補隊員們趕緊衝上場內，抬起倒在地上的小千。

小千捂著臉，指縫間汩汩流出鮮血。

我連忙離開座位，趕往隊員們的休息處。

眾人圍住小千，正手忙腳亂地想處理傷勢，我稍微擠開那些隊員：「請大家讓一讓，我會包紮，讓我來幫忙。」

「咦，是姚子賢同學？」

隊員們紛紛有默契地讓開一條路，讓我來到小千身旁。

小千坐在地上，仰起頭來，張著嘴取代受傷的鼻子呼吸，臉上露出痛苦的表情。

我心疼地看著小千，幾經奮戰，她的手腳上下布滿了瘀青與傷痕，卻仍頑強地不發出任何一點呻吟。溼透的薄衣緊貼著她的身體，隱隱約約可見底下姣好的身材。可是，這麼細瘦的身材，方才在場上是怎樣地如猛虎般奮戰呢？

「低頭，不要讓血嗆到自己。」

我取出紗布，幫小千止血，同時熟練地用棉花棒沾碘酒與紅藥水替小千消毒，藥水沾上了傷口。

「會痛不必強忍，妳可以抓住我的手。」

小千真的抓著我的手臂，雖然她的嘴裡沒有發出一點聲音，可是指甲卻緊緊陷進我的肉裡，就好像我跟小千是同時在痛一樣。

終於，我將小千的傷勢處理完畢。

其他隊員都很訝異我的治療手法如此熟練，而且隨身攜帶著的救護器材包竟然比醫療組準備的工具更加齊全。

我聳聳肩，平常為了姐姐確保的安危一定準備在手提袋裡面的救護器材包終於派上用場了，雖然我更希望永遠不會使用到它們。

「喂！現在比分多少？」小千問我。

我抬頭望向裁判臺。

「我們……暫時輸兩分。」

小千下場以後，對方的攻擊就更加肆無忌憚了，剩下的綠隊球員在主力兼精神領袖不在場上之後，已無餘力追回分數，只能苦苦支撐著不繼續失分。

再這樣下去，我們學校輸掉這場仗也不過是遲早的事情。我不禁覺得有些惋惜。

但是能夠跟去年的縣冠軍纏鬥到這種地步，我認為已經是對女籃隊很大的肯定。

「我們怎麼能輸掉？」

小千掙扎著坐起身。

「喂！妳還是病人，乖乖坐著休息吧！」

我說，其他球員也附和。

小千凌厲地瞪著我，眼神毫不贊同。

又來了，每當小千進入了眼下的執拗模式，想要說服她簡直難如登天。

「這場比賽，我一定要贏！」

「為什麼妳這麼堅持？」

小千異樣的固執讓我不解，儘管明白身為女籃隊長，小千身上背負著沉重的勝利壓力，但是即使球隊在此刻敗下陣來，也沒有人會責怪她的，因為她盡力了，不是嗎？

「我、我一定要在這場比賽中好好努力，因為我們已經約定好了。」

我不由得大驚失色：「那種口頭上的約定可沒有妳的身體來得要緊啊！」

「你永遠也不知道這份約定對我來說有多重要。」

小千頑固地爬了起來，把我們所有人的苦勸都當作耳邊風。啊，眾人的目光都向著我投來，彷彿希望我能勸退她。可是我卻只能無奈地搖頭，從小到大，每次當小千下定決心並且露出這種無畏的神情時，我從來就沒能夠阻止得了她。

「老師，我要上場。」

指導老師訝異地看著小千。

「老師，拜託，要贏就只能讓我上場，現在只剩下不到一分鐘了，我一定會把勝利給帶回來的。」

看著小千毫不退讓的眼神，指導老師先是困惑地張開了嘴，最後也只能屈服。

就這樣，小千再度回到場上。

「唷，路怡千，沒想到妳還能回到場上。」

紅隊的隊長對著小千這麼說道，語氣半是嘲諷半是敬佩，小千抹一抹額上的汗，面對敵人加諸在身上的凶狠目光毫不退讓。

「我已經跟人約定好了，一定會取得這場比賽的勝利。」

對方聳聳肩，彷彿是在嘲笑小千。不過小千沒有理會對方的挑釁，回到場內，球賽隨即開始。持球權再度轉移到小千手上。

這時，早有預謀的紅隊突然發動了緊迫盯人陣型，本來像是一盤散沙的陣列赫然改變，五名隊員極有默契地盯住各自的對手，展現出滴水不漏的嚴密防守，原來她們都在等著這一刻。

小千冒出冷汗，被紅隊的隊長嚴密看守著，無奈地被驅趕到三分線外。

「嘿嘿！看妳還有什麼把戲。」

「唔……可惡。」

「學姐，這裡！」

「小千，傳出來！」

其他隊員們努力地想甩開對手的糾纏，但是對方可是號稱縣內最強的隊伍，紅隊個個就似橡皮糖一樣緊黏著綠隊不放，毫無空隙。

「小千，只剩下十秒了！」我在場外高喊。

「子賢？」小千轉過頭來。

「加油啊！」

我對著小千舉起雙臂，加油啊，小千，妳能贏，妳一定要贏！

我不是因為姐姐的吩咐，而是出於自己的真心，發自內心地朝著小千大喊。

我的眼中充滿熱切，我相信小千。

相信，能不能成為一股力量？

紅隊隊長高呼一聲，疾速衝向小千，想要抄掉小千手上的球。

就在這電光石火的一剎那——

小千看也不看，迅速舉起了手。

「五！」

咦！紅隊隊長發出驚懼叫聲，身形失去重心，踉蹌從小千身旁掠過。

「四！」

晃過對手的小千，將頭轉回正面，她專注的下巴微微抬高，雙手將球高舉過頂，擺出優美的投籃姿勢。

「三！」

她正盯著籃框，一動也不動……不對，她的手臂還在動作，頓時，全場瘋狂的噪音都靜止了下來，只剩下女籃隊員們揪緊心臟的倒數之聲。

「二！」

小千的臉上露出篤定的面容，我深吸一口氣，感覺體內有股情緒澎湃起來，也跟著忘情地大喊：

「一！」

球從小千的指尖輕柔地離開。

「零～」

這一瞬間，有多少人屏住了呼吸呢？整個籃球場上安靜得連汗水滴落的聲音都聽得見，球在空中劃過了一道優美的拋物線。

唰！

應聲入網。

我急速轉頭，看見裁判席上，那揭示著分數的紙板迅速地拉過三頁——是顆三分球，是顆不折不扣的三分球，小千在倒數零秒的時候投出了一顆空心的三分球，超前了一分。

比賽結束了！場內場外，都響起了爆炸性的歡呼聲。

眾人朝著小千簇擁而去，將她圍在人潮的中間，我們的英雄雖然被人們左推右擠，臉上仍然掛著疲憊而欣喜的微笑。

這時，她抬起眼來四顧望著，並且在人群中找到了我。

我喜悅地微笑。

「我辦到了。」她高聲叫著。

「我辦到了！」

「是啊，妳辦到了。」我也跟著笑著說。

這一刻，她彷彿全身都發著光似的，真的好耀眼。

夕陽已經開始漸漸向西墜沉，我背著書包，走向校門，女籃隊還必須留下來收拾球場，晚點應該還有慶功宴，我向小千祝賀過後，便決定繼續今天接下來的行程。

我來到黑暗星雲的總部。

雖然是在排班日外，但我總覺得應該要來關心一下萬智博士的進展。

總部內黑漆漆的，一如往常沒有其他人，那些傢伙在沒有排班的時候果然都不會到這裡來。

我自行打開電燈，並且依照記憶前往萬智博士的研究室。

燈是亮著的，可是我才剛走近研究室，便聽到裡頭傳來瓶瓶罐罐被打碎的聲響，接著是一陣喧鬧。

「博士，博士你不要這樣！」

「還給我，快點還給我！」

是幻象隊長和萬智博士的聲音。發生什麼事了？

我連忙打開門，快速進入研究室。一股防腐劑的臭味撲面而來，研究室內的陳設十分凌亂，各種先進儀器散發著幽暗的藍光，伴隨著機器隆隆運作的低響，生化槽內的液體咕嘟咕嘟地滾動著。

室內中央有一張巨大的桌子，上頭左橫右斜地擺滿了各種色彩斑斕的化學藥劑、膏狀的不知名物體、散亂的紙張，還有一對在桌上不停扭動的人體。

萬智博士正把幻象隊長壓在桌上，拚命地在他身上摸索。

「呃……抱歉打擾了，我從來不知道你們是這樣的關係。」我有些惶恐地說道。

幻象隊長淒厲地慘叫：「學長～事情不是你想的那樣啊～不對，快救救我！」

「啊？」

一頭霧水的我，還是趕快將萬智博士從幻象隊長身上扯下來。抓狂了的萬智博士口裡濺著唾沫，不停地嘶聲怒吼，隨時想要掙脫開來撲向幻象隊長，連我也差點抓不住。

「把那個還給我！」

「才不要。這東西太危險了，絕對不能讓博士你隨便亂用。」

幻象隊長逃到萬智博士對角的牆邊，看他的樣子，似乎正死命地保護著懷裡的某樣東西。

「嗚嗚……求求你，不要這個樣子。少了那個藥劑，就等於丟掉了我這條老命啊～」

萬智博士嗚咽一聲哭了出來，蹲在地上。

「呃……這究竟又是怎麼一回事？」

我到此刻仍舊是丈二金剛摸不著頭腦。

「唔，學長你慢慢地過來吧。」

幻象隊長小心翼翼地攤開了手，我看了看其中，那是一管漾著水藍色螢光的不透明藥劑。

「這是什麼東西？」

「嗚嗚……那是我窮盡心血發明出來的，嗚嗚……生物巨大化立效激素。」

萬智博士一邊哭著一邊為我說明。

「那個藥劑能立即解開生物體內的基因密碼，擁有拔掉控制體型大小的限制器的功能。」

真是了不起的發明啊！雖然平常總是看到萬智博士大哭大鬧、過度亢奮或者情緒崩潰的樣子，但是不可諱言，他的腦中確實裝滿了普通人類難以企及的高深知識。

「在經過好幾次混合生物怪人的失敗以後，我想到，是不是一般體型大小的怪人完全無法應付繁星騎警的戰鬥威力……那個娃兒，她的戰鬥力好像完全超過了地球上的生物等級。」

確實如此，因為繁星騎警的真面目其實是γ-12星人。

「所以我決定找出辦法來突破現有的怪人模式。這個辦法，就是創造一隻前所未有的、超級巨大的怪人。」

原來如此，那這個解答就是巨大化嗎？我不得不說，這真是一個聰明的點子，所有戰鬥系特攝影片的結尾，怪人總是免不了要巨大化一番來與主角們做最後的一搏，雖然這已經是老套公式，但其實是很有科學腦袋的。

在這個世界上，巨大的體型就是強大的保證，海中的鯨魚沒有對手，陸上的大象沒有天敵，因為牠們都是以最碩大的體型君臨生態系。如果怪人的身形足足有一棟摩天大樓那樣大，那麼就算繁星騎警的怪力無窮，恐怕還是得被一腳踩扁吧！

「繁星騎警可沒有巨大機器人為她撐腰。」

我苦笑著，不得不承認萬智博士說的話很有道理。

「這是個很好的主意啊，為什麼幻象隊長你要阻止他？」

幻象隊長責難似地瞥了我一眼。

「但是問題是，我找不出合適的實驗體啊！」

萬智博士抱著頭苦惱地說：「研究室裡面儲藏的動物實驗體已經被我用得七七八八，接連做了好幾次實驗，每一種動物都無法承受巨大化的自體壓力，就連超級電腦也跑不出模擬結果，這下我真的要完蛋了。」

「那該怎麼辦？」

「得要設法弄到更新、更強壯的實驗體不可。」

「那就去弄來不就好了？」

「才沒有這麼容易呢！嘿！學長你知道冷夜那傢伙說什麼嗎？她說這次是給博士一個將功贖罪的特別機會，所以不可能答應給我們增加任何預算。」幻象隊長插嘴說道。

「那婆娘根本是存心在惡整博士，沒有經費，怎麼可能創造出像樣的怪人啊！結果博士竟然把腦筋動到自己的身上。」

我駭然地望著萬智博士。

「我是想說……人類，人類本身就是夠強壯的生命體。」

「博士，你千萬不要想不開啊！這些藥劑注射進身體裡面，可能會造成無法挽回的後果，你會變成什麼可怕的樣子，沒有人會知道。」

「但、但是，我已經完全無計可施了啊！」

「不要這麼容易灰心，博士，一定還有別的辦法，在那之前，無論如何都不要放棄希望。」

我努力勸慰著萬智博士，好不容易才將他引導出灰暗的情緒。

「是……是嗎？」

「是的。博士，冷夜那邊我會再去斡旋的，在這之前，就請你先努力找出替代的辦法，到真的完全不行的時候，我們再來思考對策。」

「也只能這樣做了。」

幻象隊長抱著胸口說道：「在此之前，這個危險的東西就先交給我保管，以免博士又拿來用在不該用的地方。」

「可、可是，少了這個藥劑，我的研究工作就無法進行了。」

「唔……」

我也向幻象隊長求情：「幻象，你就把那藥劑還給博士吧，你看，他現在的精神狀況比較穩定了，相信他不會拿來做糊塗事的。」

「好吧！」

有了我的保證，幻象隊長似乎也接受了，於是這個生物巨大化立效激素試管就又回到了萬智博士的手上。萬智博士小心翼翼地把它捧著，好像一件珍寶一樣，深怕它受到傷害。

「我一定會把握這個機會，努力研究出最強大的怪人。」

「嗯嗯，博士你好好加油吧！那我們就不打擾你工作了。」

「厄影、幻象，謝謝你們，謝謝你們。」

「沒什麼，這是我們應該做的。」

「別在意啦，博士，等成果出來了，我們再來好好慶功吧！」

我盡量用最富激勵性的言語替萬智博士加油打氣，幻象隊長則是豪邁地揮一揮手，然後我們便一同步出研究室。

「學長，現在該怎麼辦，你真的要去找冷夜談談嗎？」幻象隊長一臉擔憂地問我。

「嗯，沒辦法，一定得去瞭解一下狀況才行。但我認為冷夜並不是真的想要把博士逼上絕路，只是想給他一點教訓而已。」

「就算是這樣，那傢伙也做得太過火了吧。」幻象隊長把雙手背在腦後面，一副不以為然的表情說道。

「但是，再怎麼說，冷夜依然算是博士的上司，她所指派的命令也具有一定的正當性。」

「唔～欸，可是我還是有點不能接受。學長的階級不是也比我們高嗎，但學長肯定是把我們當成同伴，而不是手下看待吧。」

「這是當然的。」

「所以說，冷夜的做法就顯得很不近人情呀！」

「就算你這麼說……」

「想點辦法吧，學長。」

「就算你這麼說，又要我想什麼辦法……啊，有了！就算冷夜的職權再高，也高不過大魔王陛下吧！只要我們將這件事稟告給大魔王陛下知道，他一定會處理的。」

「嗚喔喔，太好了。就這樣決定吧！哎呀，學長，學長你真是太聰明了！果然還是學長最值得信賴。」

幻象隊長開心地拍著我的背部，爽朗地稱讚我說：「學長總是那麼冷靜，腦袋裡的思路又清晰，我看有學長在，總有一天我們一定能夠打倒繁星騎警的。」

「呵呵……呵呵呵呵。」

我只能無言以對地乾笑著，心中卻著實感到有幾分複雜。真是抱歉啊，其實只要我還在的一天，黑暗星雲就絕對不可能打敗繁星騎警。

但是這個祕密，我又怎麼有辦法向別人吐露呢？

PRODUCTION

姐姐是地球英雄，弟弟我是侵略者幹部

小鎮英雄的天敵

04

事情真是一件接著一件。

原本還以為處理完了萬智博士的狀況以後，能夠迎接一個平靜而愜意的週末，沒想到星期六的晚上，那件事情忽然發生了。

時間是在吃過晚餐後的八點，姐姐跟我坐在客廳的沙發上，電風扇懸掛在天花板上悠閒地運轉，打開著的電視正播放著滑稽的搞笑綜藝節目，姐姐因為看到主持人逗趣的模仿而不停地爆出笑聲，姐姐的大笑不停地干擾到在飯廳寫著家計簿的媽媽。

「哇哈哈哈～哇哈哈～啊哈哈哈哈～啊，我不行啦～」

姐姐笑到岔了氣，軟綿綿地癱在沙發上頭，一手按著肚子，順勢就這樣倒在我的大腿上。

「借我躺一下，喔呵呵呵呵～」

姐姐側躺在我的大腿上試圖恢復情緒，她的臉因為爆笑而不停地抽搐，一面喔呵喔呵地笑著一面打嗝，看起來既高興又痛苦。

姐姐花了好一陣子才緩解掉笑嗝，但是面向電視時又不小心看見了下一個橋段，結果前功盡棄。

「啊哈哈哈哈！」

「別吵！給我安靜點！」

這時響起了電話聲，由於我的雙腿正借給姐姐當枕頭走不開，媽媽只好親自走過來接電話。

「喂！這裡是姚家，您好……」

媽媽一接起電話便熱絡地與對方展開長談。我一邊玩著姐姐的頭髮一邊看電視，同時可以感受到姐姐在我的腿上時不時為了忍笑而一陣陣地顫抖。

「嗯呵，嗯嗯嗯～呵呵呵呵～」

過了不久，媽媽終於講完電話了，只見媽媽嚴肅地放下話筒，站了起來，第一件事情就是走到電視機前面，啪地關掉了電視。

「咦，媽妳幹什麼？現在正演到精彩的地方耶！」

姐姐連忙坐起身來，不滿地瞪著媽媽。

糟糕！媽媽的臉色看起來有些難看，我隱約不安地感覺到，房間裡正有一股風暴正要醞釀成形。姐姐大概也是察覺到了這點，原本高漲的氣勢慢慢開始萎縮。

「姚子實，妳知道剛剛是誰打電話來的嗎？」媽媽冷冰冰地說。

「呃，是誰？」姐姐心虛地問道。

「是妳的班導。姚子實，我問妳，這個學期初是不是有模擬考？」

「模擬考？」

姐姐嚇得整個人都縮了起來。

「那、那是……」

當我聽到模擬考這三個字的時候也嚇了一跳。啊，對了，因為姐姐已經是三年級了，學校特別為這些即將應付升學大考的學生們舉辦了獨立的測驗，聽說測驗的內容是一到三年級的全部課程範圍，我因為還是二年級，自然是不必參加。

「妳的老師說，妳在這次模擬考考了全校倒數第五名……妳考這什麼爛成績？」

倒、倒數第五名？這、這個名次有點糟糕啊！媽媽說這句話的時候眼睛彷彿要噴出火來，完了，我敢說這下姐姐的處境是大大地不妙。

「說啊！」

姐姐支支吾吾，等不耐煩的媽媽忽然發出河東獅子吼，可憐那找不出理由來的姐姐，就像是隻被獅子盯上的小兔子般驚慌。

「噫，那是，那是因為……」

「看妳這個暑假整天都在混吃等死，完全沒有一點考生該有的樣子，書也都沒有念，結果給我考出這種分數，妳是要害我被人家笑話嗎？」

「欸，媽，這不能怪我啊，難得我有暑假可以休息的說，人家平常還要認真對抗怪人耶，要正義英雄兼顧學業跟打擊犯罪太困難了啦！」

「妳還敢頂嘴？」

媽媽吹鬍子瞪眼地罵道，一下子把姐姐的氣勢完全澆熄。

「平常就沒看妳有在念書，現在也是，一有空閒就只會看電視、看漫畫小說，完全不會把握時間追學校進度，妳難道都不會為自己的將來做打算嗎？」

「媽，我以後要保衛地球啊！」姐姐慌慌張張地說。

「妳給我去上大學！」

「蛤，媽，我不要啦，我不要讀大學！」

「住嘴！明年要是沒考上大學妳就死定了，而且不准是那種三流的野雞大學，最起碼也要是公立的。現在大學那麼好考，要是妳有膽給我落榜去重考班的話，妳就試試看，我一定把妳踢出門去。」

「怎麼會這樣？」

姐姐一臉崩潰，手足無措地緊抓著自己的褲子。

「老師說這個月底還有一次模擬考，如果妳再考砸了就準備吃我的怒火吧！現在就給我去念書！」

媽媽用力地指著姐姐的房間，用毫無妥協餘地的語氣對姐姐命令道，在媽媽氣勢洶洶的怒視之下，姐姐一句話也不敢說，灰溜溜地跑走了。

在媽媽大發雷霆的這一段時間內，我什麼話都插不了口，也不敢插口，只能僵硬地坐在原處，等到媽媽恢復過來再說。

在姐姐一溜煙跑回房間以後，媽媽剛才的怒火一下子便消散得無影無蹤，取而代之的是一副無奈的表情，大大地嘆了一口氣。

「唉，這個孩子，怎麼老是讓人這麼操心？姚子賢，要是你姐姐有你一半乖巧就好了。」

「媽，妳不要這個樣子嘛，姐姐她也是很辛苦的。」

我試圖為姐姐說一點好話，緩和現場的氣氛。

「我知道，可是我又能怎麼樣呢？」

媽媽疲倦地坐到沙發上來，沙發椅墊重重地沉了一下。

「那個天真的傢伙，還以為靠當英雄就能夠養活得了自己，少傻了，γ-12星才不會管外星駐派員的死活咧，妳姐姐要是沒有份正當的職業，以後豈不是會餓死？」

「我會負責養她的。」我毫不猶豫地說道。我可是為了這個目的才一路不斷努力至今的呀！

結果媽媽一副完全不信任我的樣子，淡淡地看了我一眼。

「你現在說得可簡單，但是你以後也一定會過自己的人生，難不成你真的能養你姐一輩子？」

「我會啊。」我信誓旦旦地回答，心想就算那樣子也沒有什麼不好。

「少來了！你這只是小孩子才會說的幼稚話，就算你肯，以後你老婆也未必會肯。等你再長大一點就會明白，你們都有各自的人生路要走，所以趁現在就要多做點準備。」

「我不會娶老婆的，我要跟姐姐一起生活。」

儘管我十分認真地說道，可是結果腦袋卻被媽媽敲了一記栗爆。

「又在說傻話，難道你也要跟你姐姐一樣讓我操心嗎？去去去，照顧你那個寶貝姐姐就已經讓我夠操煩了。」

媽媽手拿起遙控器，大概是想要看電視，我想這個時候就讓媽媽自己好好地靜一靜，轉換一下心情吧，於是我從沙發上起身。

「我去姐姐的房間看看。」

「唔～去督促她有沒有好好用功啊，她如果有不會的地方你就教一教她……哎唷，做姐姐的還要弟弟來教功課，真是有夠丟臉。」

「不會啦，別擔心啦，媽。」

我安撫完媽媽，接著走向姐姐的房間去。

姐姐正坐在書桌前一副煩悶的模樣，我躡手躡腳地走到姐姐身後，深怕打擾到她的思考，探頭一望，一看不得了，攤開來的國文課本居然乾淨得就像是新買的一樣。

這是怎麼回事？難道姐姐上課從來沒有作過筆記嗎？

紙頁上艱澀難懂的古文字句，果不其然地把閱讀者搞得心煩意亂，姐姐看沒兩分鐘，忽然懊惱地把書本合上扔到一邊，彎腰想去拿另一本課本。

「呃啊！」

「哇！姚子賢？嚇死我了，你怎麼在這裡？」

「我來看看妳有沒有什麼需要幫助的，姐姐，妳那本國文才看了兩分鐘。」

「看不懂嘛！」

姐姐抱怨道：「不知道學校要我們念那些死人骨頭的文章做什麼，之之乎乎的，有夠拗口，怎麼不用白話文寫字啦！李白杜甫白維王居易，吃飽太閒寫什麼屁唐詩啊！不知道他們的子孫要背這些東西很辛苦嗎？」

「是王維跟白居易吧？」

看來姐姐國學常識的這個坑比我想像中來得深。

「關我什麼事啦！統統去死啦！」

姐姐完全進入了暴躁的模式，歇斯底里地亂叫。

我無奈地說：「姐姐，妳這樣三分鐘熱度怎麼可能把書讀進去，妳剛剛哪裡看不懂的，我教妳吧！」

「全部。」姐姐不假思索地說。

我的天啊……我按下她的手，阻止她翻開地理課本，接著把國文課本拿了回來，翻回到剛才的那一頁。

「你要教我嗎？」

姐姐眨了眨眼問道：「這是三年級的課文耶，你才二年級怎麼可能會？」

「我們老師上課的時候剛好有補充過這份教材。」

姐姐一副深具挑戰的目光投射過來，充滿了不服輸的味道，為了姐姐的自尊心著想，我只好撒了一個善意的謊言。就國文這科來說，三年級跟二年級的難度根本沒什麼區別，純粹是看教材編譯者的心情好壞安排課程，何況為了要幫姐姐做作業，我早就把三年級的所有學科全都預習過一遍了。

幸好平常就有在幫同學做課後輔導，講解教材的內容對我而言如同家常便飯，我盡量將課文解釋得淺顯易懂。

在我深入淺出的說明下，姐姐努力地消化吸收，不一會兒就掌握了要領。

「唔，原來這個句子的意思是這樣啊！」

真不愧是姐姐，理解得真快。

「那麼，妳要不要試試看做這些題目？」

我指著參考書上的例題問著姐姐，姐姐立刻大皺眉頭。

「不要，我討厭做題目。」

「別這樣嘛，做題目才能知道妳是不是真的瞭解，而且也能習慣考試。」

我保持著耐心循循善誘地向姐姐勸道，但是姐姐果然不會輕易動搖。

「不然這樣好了，妳把這些題目寫完，看妳是要吃點心還是水果都可以。」

事到如今，我只好祭出利誘的最後手段了……什麼？你說還可以威脅？這怎麼行呢，我對姐姐是捧在手心愛護都來不及了，怎麼可能使用那種粗暴的手段？

「真的嗎？」

姐姐的眼睛頓時散發光彩。

「吃巧克力香蕉也可以嗎？」

「嗚！冰箱裡那根巧克力香蕉是我特地留下來的點心。」

車站前面的甜點舖每天限量販售的巧克力香蕉，是那家店的招牌，我可是今天一大早去排隊才買到的，要我還沒有享用到它就拱手讓人……可是看著姐姐水汪汪的大眼睛，我心一軟，也就只能答應了。

「萬歲！」

得到我點頭應允之後，姐姐馬上動筆飛快，一下子就把習題全部做完了。一結束練習，姐姐立刻衝出房間，留下我在書桌前批改題目。令我訝異的是，不到五分鐘內迅速寫完的五十幾道題目，居然只錯了少少幾題，嗯嗯～姐姐的腦袋果然還是很聰明嘛。

我稍微感到寬心了，說不定模擬考也沒有什麼大不了的。

「嘚嘚～怎麼樣嗎？」

姐姐走進房間內，一副得意洋洋的邀功表情。

「很好啊，九十幾分耶。」

「哈哈，我果然還是天資聰穎，只可惜媽媽都不瞭解。」

姐姐蹺腳坐到床上，一副極其悠哉的表情，喜孜孜地舔著巧克力香蕉。

我輕輕一哂，繼續在書桌前翻著課本，心中構思著接下來該怎樣為姐姐擬定進度。

嗯嗯～

這裡應該這麼教好，還是那樣教好呢？

嘶嘶～

這裡的話似乎有一點太難了，還是晚點再上吧！

嗨嗨～

這課是白話文應該可以跳過。

嘖嘖啾～

……到底是誰一直發出這些擾人的奇怪聲音啊？我一邊在思考的同時，耳朵旁也不斷地回響著非常煽情的啜吸聲，我回過頭去看。

姐姐正閉著眼睛，一副非常享受的樣子，津津有味地吃著巧克力香蕉。

但是她吃了好久，還是沒把甜點吃完。

她好像十分捨不得一口氣把它吃掉似地，不斷地想辦法拖延時間，她伸出舌頭仔細地舔舐著外層融化的巧克力，一口一口捲進口腔裡，然後用牙齒慢慢地小口小口啃掉柔軟的香蕉。就這樣又舔又吸地，香蕉在姐姐的嘴裡進進出出，沾滿了姐姐的口水。嘖嘖～吱吱～啾嚕～

雖然說這家店的甜點確實是好吃到讓人難以忘懷，但是吃成這樣也未免太令人目瞪口呆了吧？

看著姐姐吃著這東西的模樣，我心想原來她這麼喜歡吃這種甜品啊！好啊，看她吃得這麼高興，我的眼睛更難從這一幕上移開了。

我想，我以後大概會更常光顧這家店的巧克力香蕉了吧！

一對一輔導教學的第二天，意外地來了一位不速之客。

時間正值週日上午，我難得地還沒有起床。

呼呼～因為昨天晚上回到房間裡以後，躺在床上竟然輾轉難眠，腦海中全部都在想著如何為姐姐擬定接下來的讀書計畫，害我興奮得睡不著。早上起床做完早餐以後實在撐不住了，只好又睡起回籠覺。

我躺在床上半夢半醒之間，想著昨晚和姐姐一路用功到半夜，那幅和樂融融的景象，嘴角竟不由得勾起一絲絲微笑。

期待已久的景象躍然浮現腦海。

我們在姐姐的房間裡念著歷史，從三皇五帝的久遠傳說，一路延續到東、西周列國的戰亂烽火，鐵甲兵冑枕戈待旦，四野正殺得興起——忽然一陣敲門聲打斷了我們神遊弔古的興致。

可惡，這時候到底是誰，居然敢打斷我跟姐姐愉快的兩人時光。

不對！我從床上猛然起身，原來一切都是夢啊，我感到悵然若失。

「來了！」

我納悶地起身應門，到底是誰會那麼早來敲我的門呢？

門一打開，面前竟然出現了我意想不到的人。

「嗨，我來找你了，我們出門吧！」

興沖沖的小千穿著一件皮夾克，內罩橫條紋上衣，下半身穿著牛仔褲——這是她假日穿著一貫的風格，尚未待我開口邀請便搶先闖了進來。

「哇啊啊，怎麼回事啊，小千？」我慌慌張張地說道。

「好慢喔，你才剛起床嗎？真是難得耶！快點把衣服換一換吧！」

「要做、做什麼啊？」

好一個蠻橫無理的女人！

「出門啊，剛才不就說了嗎？」

「不，不是，為什麼我要跟妳一起出門？我今天有別的事情要做耶！」

「你平常就只會宅在家裡念書，難得有美少女邀約你出去玩，當然應該立刻痛哭流涕地跪下來答應然後馬上行動吧！」

「不，那個，美少女在哪裡啊？呃，是說，去遊樂園不是下個星期嗎？」

我想起了上次女籃比賽結束後的那天傍晚，為了慶祝比賽的勝利，女籃隊要去火鍋店開慶功宴，但是在離去之前我叫住了小千。

「恭喜妳呀，小千。」我由衷地對她說道。

「謝謝你來替我加油。」

小千開心的神情表現在臉上，怎樣也無法藏住。

「對了，為了表示我的慶賀，我送妳一項禮物吧，妳想要什麼都可以。」

「咦，這樣不好吧？」

「記得我還欠妳一次人情嗎？」

小千有些不敢置信地望著我，眼睛裡頭閃爍起興奮的亮光。為了讓小千感到安心，我再次用力地點了點頭。

「真的想要什麼都可以嗎？」

「當然囉！」

那時候我心裡想的，其實也只不過是在估計運動用品店裡那些球鞋大概會花多少錢罷了。

……結果，現在就變成這個樣子了。

小千斜眼看著我。

「誰說是去遊樂園了，今天是要為下週的行程做準備，所以我們要去百貨公司。」

我一下子啞口無言，原本的計畫並不應該是這樣的啊！故事怎麼會這樣發展呢？按道理說，今天應該是我跟姐姐愉快地培養良好姐弟情誼的日子才是。

我們應該要上午待在一起，中午待在一起（頂多加上跟父母一起吃飯），下午待在一起，晚上洗澡睡覺繼續……等一下，雖然好像很不錯，但這個不行！

總之，在智育學業的成長間，不忘重新體認和樂融融的家庭倫理連結，充分理解姐友弟恭之傳統德育精神，再順便欣賞姐姐賞心悅目之容顏，滋養我的美育素質，這才是神創造星期天的終極目的吧！

「總而言之，你快點換衣服好嗎，真是的，這副邋遢的樣子，怎麼出去見人啊？」

「我本來就不想出去了。」

呃……嗯……哎，這個，我還在想著要怎麼應付小千。

「你還在蘑菇什麼？」

房間裡的氣氛進展大約停頓了有三十秒之久，小千停下欣賞桌墊底下照片的舉動（她一邊看著照片一邊露出嫌惡的神情，不知道是什麼意思，我的桌墊底下全部都是我和姐姐感情親密的合照而已啊！），不耐煩地瞪著我。

「那個，我要換衣服。」我無辜地說。

「換啊！」

「可是，妳在我房間耶……」

「那又有什麼關係？拜託，我們小時候連澡都一起洗過了，你的什麼我早就看得……一清二楚……」

原本氣勢洶洶的小千不知道為什麼越說越小聲，最後還消沉地低下了頭。

好吧，我真的搞不懂現在的女生到底腦袋裡在想什麼，但是既然人家都低下了頭，我趕緊趁此機會打開衣櫃，換上我外出用的服裝。

「換好了。」

我迅速地完成動作，以免小千又無緣無故發脾氣，這段時間內，小千好像也已經恢復了正常。

「那我們走吧……哎唷！」

她興高采烈地走向門外，結果一出門便跟另外一個人撞了個滿懷。

「姐姐！」

「小實姐？」

同一個對象，兩種不同的語調與稱謂，我宛如看見天仙救星般地望著姐姐，而小千的語氣中彷彿有一點遲疑和錯愕。

「子賢，我來找你念書了。咦，你們為什麼都換上了外出服？」

「咦，呃，這個……」小千支支吾吾。

「我們要出去逛百貨公司。」我立刻代替她回答道，並且希望姐姐會開口要我留下來，對了，為了我們那愉快無比的讀書會。

沒想到姐姐一古腦兒扔開了書本，興奮地抓著小千的肩膀說：「哇啊，你們竟然要去逛百貨公司，都不找我，實在太可惡了。等我一下喔，我馬上就好。」

接著姐姐便咚咚咚地跑回自己的房間，只剩下小千一臉呆滯地站在那兒。

說實話，我也覺得頗為意外。

「啊，嗯，好吧。」

小千埋怨地看了我一眼。

「雖然多出了個小實姐，不過……算了。」

小千一副認命的樣子，再也沒說什麼了。

幾分鐘後，我們三人一同出現在家門口，朝著公車站牌走去。

雖然事情的變化跟我預期的有點不一樣，但是對於現狀我可是一點都不會覺得不滿，為什麼呢，因為難得可以看到姐姐精心打扮的淡妝容貌跟外出穿著啊！

「哼！姚子賢，剛剛找你出門還推三阻四的，現在怎麼高興得像哈巴狗一樣？」

「有嗎？」

我故意裝傻回應道，小千則是哼了一聲別過頭去。

我滿副心神，都忙著在欣賞姐姐的迷人模樣上。

姐姐穿著一件白色的上衣，外罩米黃色無袖輕薄短外套，下半身是紅色格子短裙，腳上包著小涼鞋，手上提著小掛包，展現出一股清涼沁透人心的夏日風格。一百分，評審，我要給一百分！

相較之下，小千則是做中性帥氣的打扮，將棒球帽放在手上轉圈圈玩著。

站在公車站牌下，不知為何，周圍總有很多人的目光朝著我們投來，看得我有點不自在，不過小千倒是一臉不在乎，姐姐則是四處張望，看到什麼有趣的事情馬上會跟我們分享，真是有夠可愛。

一路上經過了無數目光的大洗禮，我們終於來到目的地。

假日的百貨公司果然人滿為患，天啊，我光站在門口就覺得體內生出一股驚嘆。

這種場景，要是普通人看到了一定會為之卻步，可是同公車上下來的女生們可不這麼覺得，彷佛在她們體內運作的是種與常人相反的神奇生理時鐘，因為上一秒還在車上死氣沉沉的少女們，一看到了百貨公司便發出興奮無比的尖叫，頓時精神抖擻了起來。

姐姐好像也是這種人之一，她現在也是一副迫不及待的臉。

小千就比較淡定，她酷酷地看著一堆盲目的少女像被花蜜吸引的蝴蝶般，前仆後繼地湧向百貨公司的門口，她的心裡一定是有些不屑。

「我們趕快進去吧！唉唉，我有好多想買的衣服喔。」

姐姐催促著我們，自己倒是最先進入了建築物裡頭。

嗚哇～剛踏進百貨公司裡面，沁涼的冷氣寒風迎面吹到了我們身上，頓時暑氣全消，好像整個人都重新活了過來。

空氣中縈繞著濃郁的化妝品香味，一樓的展場都是知名化妝品牌跟保養品大廠群雄割據的地方，寫作展場但其實念作戰場，這是各個品牌競相爭攬著以女性消費者為主體的客戶群，經過激烈廝殺以後所造成的結果。

在燈光優美、專櫃林立的一樓，中間有一處寬敞的空間，既不像裝飾性的花圃，也不像特殊商品的展示區，紅色纜繩圍起來的空間裡頭，隨意放置著扭曲的鐵櫃、碎玻璃櫥窗、各式各樣摔得破爛的瓶罐，一副未經整理的凌亂模樣，但是周圍卻有許多人駐足觀看。

姐姐也興奮地朝著那個地方跑去。

「呵呵哈哈，姚子賢，快看！」

這是姐姐每次前來必經的場所，我微笑著跟上姐姐的腳步，姐姐登上小展示臺，對著蠟像比出戰鬥的姿勢，周圍隨即有幾個年輕人舉起了相機開始拍照。

旁邊有個小告示牌，我早已把它的內容背得滾瓜爛熟，不過我依然聽到一旁似乎有觀光客在閱讀著上面的記載。

「哦，原來這裡就是當初一純百貨公司遭受怪人『血蝙蝠』襲擊的遺跡啊！」

「似乎是刻意留下來做紀念的呢，話說『血蝙蝠』不是很快就被『繁星騎警』給打倒了嗎？啊！那個繁星騎警就是傳說中住在一純鎮上的神祕英雄吧！」

「那座蠟像就是血蝙蝠吧，長得還真醜。呵呵，那個女生是想要模仿繁星騎警的模樣嗎？」

如果你們知道那位擺著 pose 的女生就是繁星騎警本人，你們會不會嚇一大跳呢？我不禁愉快地這麼想著。

啊，還真是有些讓人懷念呢。

怪人血蝙蝠，應該算是繁星騎警剛出道時所碰見的對手，雖然相處的時日不多，但是印象中是一個乖巧的好孩子。我還記得他能夠施展超音波粉碎各種物體，從玻璃、水泥到絲質纖維無一不可破壞，不過由於戰場是在空間狹窄的賣場室內，血蝙蝠因為飛不起來，無法施展得意的必殺技「空中絕望俯衝」，而被繁星騎警一拳消滅。

由於拯救了鎮上最大的也是唯一的一間百貨公司倖免於難，繁星騎警從此聲名大噪。

姐姐大概也很懷念從前的時光吧！

倒是小千對這個展示表示興趣缺缺，她不時偷偷地看著自己的錶，看上去有些無聊。

「呼～看夠了看夠了，我們開始逛吧！」

姐姐玩了好一陣子，終於肯從展示臺上下來。

「那我們要先選定樓層前往嗎？這樣買的效率也比較高一點。」我提議道。

說實話，我想小千和姐姐想買的東西應該是在不同的樓層，小千看上去就是會往少男服飾區挑選衣著與配件的樣子……儘管她是女生，但是在學校時也是寧可穿著體育褲也不願意換上短裙的那種人，據說低年級中還有很多學妹是她的粉絲。

「哎唷，姚子賢你真的一點都不懂得逛百貨公司的樂趣，來百貨公司就是要慢慢走，慢慢逛，晃上一整天，享受那種消費的氣氛。」姐姐彷彿述說著人生哲理般地論道。

我看了看小千，心想由她來做最後抉擇。雖然是小千主動提議來逛百貨公司的，但是我想她還是比較喜歡那種簡單明快的作風吧。

小千咬著嘴唇，彷彿正在下某個重大的決定。

「妳不是想要去少男服飾區嗎？」

我善意地提點，沒想到卻被小千青了一眼。

「誰說的！我想去的是少女服飾區。」

「什麼？」我訝異地張大了嘴。

「就是說嘛，人家可是少女耶，你講那什麼失禮的話？」姐姐也維護著小千，一副好像全部都是我的錯的樣子。

欸，但是，真的沒有問題嗎？少女服飾區可是只賣那些輕飄飄的裙子、蕾絲邊和小兔子圖案的衣服，還有粉紅色的洋裝。

我眨了眨眼，但是小千一副篤定的神情，從容地走向前往少女服飾區的電梯。這一瞬間我感覺彷彿全世界的理性都被拋到九霄雲外。

訝異無比的我還是連忙跟了上去。

雖然這只是小鎮規模的百貨公司，但是麻雀雖小，五臟俱全。

少女服飾的樓層中，各類五顏六色、絢麗斑斕的衣服，讓人看得眼花撩亂，每一件都要價不菲。放在各處的假人穿上了精心搭配過的服飾，搔首弄姿，吸引過往行人駐足，無非是想要掏空客人們的口袋。樓層各處的廣告看板也貼著今季最當紅的單品以及各種特價折扣，攻破人們心裡的最後一道防線。

啊啊～我一路走著，不斷地幻想姐姐穿上各種衣服後展現出來的模樣，有清純可人的、有性感妖豔的，也有那種偏僻冷門、充滿科幻金屬風格的穿著，千變萬化，怎麼數都數不完。如果能把這些衣服統統帶回家去，我就又能在姐姐的衣櫃裡做出更多搭配了。

姐姐興奮地挑選起衣服來，她的模樣看上去整個如魚得水，似乎拿到每一件衣服都恨不得把它們穿在身上。

「這件我要，這件我也要，啊啊這件看起來也很適合我，天呀這件真是好看到破表！姚子賢你說是不是？」

「沒錯，好看！沒錯，好看極了。」我一邊大飽眼福，一邊不斷點頭稱是。

小千則是每一件衣服都要拿來問過我的意見，像是在觀察我的表情。

「呃，我覺得這件好像滿不錯的，姚子賢你看怎樣？」

「嗯喔妳喜歡就好。」

說起來，我還是無法想像小千穿上那種軟綿綿蓬鬆短裙的樣子。結果對我敷衍的態度，小千一下子就生氣起來。

「你這什麼意思嘛！」

「咦咦？住手啊！」

我莫名其妙地挨了小千的打，但是手裡捧滿了她們兩人的戰利品，使得我完全沒有辦法招架。

為求自保，我只好拚命讚美她道：「很好看啦，會挑這件證明妳很有眼光。」

「真的嗎？」

「真的，我沒有騙妳。」

小千頓時眉開眼笑，真是個情緒多變的傢伙。

但小千最後還是把那件被我稱讚的衣服放回了原處，我就說嘛，那種軟綿綿像棉花糖一樣的衣服，怎麼會是她的風格呢？

「不過，這款式的衣服實在還是……該怎麼說呢，太女性化了。要買下手還真讓我有些為難呢！」

儘管這麼說著，小千的眼睛還是戀戀不捨地停留在那件衣服上好一段時間，接著才跟上我和姐姐的腳步。

PRODUCTION

姐姐是地球英雄，弟弟我是侵略者幹部

百貨公司毀滅者意外降臨

05

逛了一整個上午，大家肚子也餓了，於是我們在樓上的飲食街裡相中了一間裝潢十分雅致的景觀餐廳，從高處樓層向下望去，能夠將小鎮的一切盡收眼底。

「哎呀，從這裡看下去的景色真的是很漂亮呢！」

吃飽喝足後，姐姐手撐著下頷，一邊搖著飲料，一邊滿足地觀看窗外的風景，有感而發。

「真不知道到底從哪來的怪人，居然會想要破壞這麼美麗的城鎮，黑暗星雲的那些傢伙們呀～」

真抱歉啊，就是坐在姐姐妳旁邊的這個傢伙呀。

「就是說啊，不過繁星騎警每一次都能將黑暗星雲打退呢！」

姐姐神祕莫測地望著小千。

「小千妳也是這麼覺得的，對吧？」

「唔……」

看姐姐的樣子，分明是在強自忍耐卻又不禁想要公開地炫耀，最後就造成了這種既興奮期待卻又抑鬱不已的語氣，聽起來有些彆扭，但是在旁人耳中就只會感覺十分奇怪罷了。

小千說：「我確實很尊敬繁星騎警，但是我並不會特別去痛恨黑暗星雲。並不是少了他們這個小鎮就會變得和諧，這社會上還有很多人同樣在做壞事，這些人身為人類，卻做危害同胞的事情，遠比怪人更不可原諒。」

沒想到小千居然會為黑暗星雲說話，真是大出我的意料之外，但是她說的話倒是挺有道理的，姐姐深深點頭大表贊同。

「沒錯，真正能夠拯救人們的就只有人們自己！」

姐姐氣勢凜然地說出這一句話，看起來非常有架勢，但這股令人肅然起敬的氣氛維持不到兩秒隨即化為烏有，姐姐噗哧一笑。

「哇哈哈，我老早就想要試試看這一句臺詞了，可惜老是沒有機會。」

因為繁星騎警設定上是一位來去如風、沉默寡言的正義英雄。

姐姐大概是從哪部美少女英雄動畫裡頭學到類似臺詞的吧，為了飾演好繁星騎警，姐姐非常熱衷於這類的動畫跟特攝節目，即使到了現在還在看。媽媽雖然總是嗤之以鼻地說「她這只是長不大而已」，但我相信姐姐一定是為了做好自己的角色而不斷日日精進、充實自己。

很快地我們把飲料全都喝完了。

「下午要再去哪裡逛呢？」

姐姐望著電梯旁的樓層簡介圖，說：「我想要去頂樓的遊樂廣場玩一玩。」

「是嗎？那我們東西收拾一下就走吧！」

這時小千露出有些猶豫的表情說：「唔，你們先去好嗎？我想去看一點體育用品，這些你們不會感興趣的。」

「噢噢。」

姐姐果然顯得興趣索然，說起來，姐姐不也是女籃隊的一員嗎？然而從這裡就可以看出女籃隊一軍與二軍之間的差別。小千苦笑了一下。

我說：「那我們先上去玩，妳買好了再來跟我們會合吧。」

「沒問題。」小千揮一揮手，瀟灑地離去。

我和姐姐來到頂樓的遊樂廣場，四處回響著嘈雜刺耳的重低音，許多看上去還是國小年紀的小孩子流連在此大聲吵鬧，或是玩著完全稱不上健康的血腥暴力電玩遊戲。

我們兌換了代幣，悠閒地遊走在其間，考慮該玩哪一種遊戲，姐姐看起來對每種遊戲機都躍躍欲試。

「啊，我想玩這個。」

「……不好吧。」

我望著姐姐手指的方向，一下子擔憂起來，只好婉轉地勸說她打消這個主意。

她指著一臺拳擊機。

不管怎麼樣，如果姐姐抱著認真的心態一拳打下去的話，這架拳擊機在今天肯定就會壽終正寢。會化成廢鐵的吧，我想。我們觀察著這架拳擊機，覺得它一定很貴。

「我們賠不起喔。」

「我好想玩喔，我從小到大都沒有玩過體育類的遊戲機，老爸都不准我玩。」姐姐摸了摸機器的黑冷外殼，惋惜地說道。

唉，這也是沒辦法的事，我可以體諒爸爸的無奈。可是也因為如此，姐姐不管在什麼體育活動中永遠被迫只能拿中等的成績，姐姐真正的力量根本沒有好好地展現出來讓世人看見，常常被別人說是個緩慢或是柔弱的孩子……雖然這對女孩子來說或許不是個很壞的評價，但卻也不是姐姐應得的真正的評價。

如果，姐姐盡情地放開拘束，善用自己的力量的話，或許她也能像小千那樣，因為優秀的球技而成為學校的英雄也說不一定呢。

「那，玩這個好嗎？」

為了提振姐姐沮喪的心情，我指著一旁的另一種遊戲機向她問道，如果是這個的話，應該就不會像拳擊機那樣引人注目了吧。

「哦，投籃機？哼哼！好吧，就讓你瞧瞧一純高中女籃隊的真正實力。」

於是乎，我們偉大的女籃二軍選手威風凜凜地挽起了袖子，毅然決然地投下了第一枚代幣。

……我看了看手錶，十分鐘過去了，我又抬了抬頭，看著籃球一顆顆明快地落入網裡。此時進行到不知道第幾關的魔王模式，那個籃框正瘋了似地三百六十度胡亂旋轉，企圖干擾玩家的準確率，但是遊戲玩家依然不為所動，精準地將籃球送進框中。

「你覺得無聊了嗎？」姐姐體貼地問我。

分數來到第三百分，已經超過整列投籃機臺的最高分數，那個籃網像是終於沮喪地體認到不可能影響對手的命中率了，乾脆停留在那裡懶得再動。

「沒有，我只想小千怎麼還不出現。」

「那你可以下去找她呀！我沒關係的，我繼續在這裡玩。」

姐姐一邊轉過頭來對我說話，手中的籃球依舊毫不留情地刷入籃網，我點點頭，決定出發去找小千。

我走下電扶梯，一路直到賣運動商品的樓層，可是無論怎樣左繞右轉，始終找不到小千的蹤影。

奇怪，她沒有在賣運動商品的地方，那她會在哪兒呢？

我納悶地一層層走下樓梯，這時候我突然想起一個辦法。

是啊！還有手機啊！

我居然會忘了這麼簡單的方法，當下真的有白讀了十年書的感覺。

手機撥號過去，不一會兒便接通了。

「喂？」小千略顯遲疑的聲音在我耳邊響起。

「妳在哪兒啊？」

「什麼，我不是說我下來運動商品店買東西，過一會兒就會上去找你們嗎？」

「太久了嘛！姐姐要我下來找妳。」

「我在運動商品店。」

「我人就在運動商品店，沒看到妳。」

「呃……」

小千猶豫了一會。

「你待在那裡別動，我上去找你。」

「我已經往下走了。」

電話那頭傳來小千深吸一口氣的訝異輕喘。

沒辦法，都怪小千實在說得太慢，這當口我已經沿著電扶梯離開原本的樓層了。不過按照剛才的對話來看，小千應該是在更底下的樓層囉？嗯，小千為什麼要說謊？

我一邊張望一邊盤算著接下來該怎麼做的時候，就聽見左手旁一個少女的聲音跟電話裡的呵斥同時響起。

「你這個笨蛋！」

「咦，小千？」

我轉過頭來，就看見小千站在專櫃區前對著手機大罵。

同一時間，小千也發現了我，露出了一臉錯愕。

「妳怎麼在這裡？」

小千的手上提了個嶄新的塑膠袋子，非常顯眼，因為整個上午的行程中她什麼東西也沒買，不像姐姐和我的荷包已經大大失血一輪，所以說袋子裡面肯定是某樣才剛結完帳的東西。

這層樓是少女服飾區，放眼望去全部都是彷彿做給洋娃娃穿的那種風格的衣物。

我有一堆疑問想要開口，略一低頭，目光移動到了那只袋子上面。

「住、住手，別看了，只是一些很普通的東西罷了。」

「妳在少女服飾區買衣服嗎？」我感到很吃驚。

小千的臉突然紅了起來，慌慌張張地遮起了袋子。

「哪、哪有，這不是啦，這是運動用品……我、我買完以後才下來閒逛的。」

但是那袋子上的商標卻是我從來沒看過的圖案，難道是運動商品的新品牌？我歪著頭想再看得更清楚，小千乾脆直接動手推開了我。

「喂！既然都會合了，那我們還是趕緊上去找小實姐吧。」

對喔，不能讓姐姐自己一個人在上面等待太久。聽見小千這麼一講，我頓時覺得袋子裡面究竟裝著什麼都不重要了，現在還是先上去遊戲廣場再說吧。

是誰說過玩投籃機就比較不容易引起注目的？

我真是為我當時的輕率感到後悔。

等我們抵達頂樓的遊戲廣場時，差點連投籃機的周圍都擠不進去，那裡不知何時已經聚集起了密密麻麻的人潮。我們一邊喊著借過，一邊努力地塞進人群裡，終於抵達姐姐身邊。環顧四面，整個遊戲廣場裡將近有一半的人都圍在我們身邊，目瞪口呆地看著姐姐投籃。

在兩旁最高積分不過兩、三百分的投籃機中間，唯獨正在運轉的這一架機器，上面的分數來到了史無前例的九千多分，而且每一秒都在不停突破自己的紀錄，歡快的機器女聲忙碌地宣布道：「空心、空心、兩分球、三分球……」簡直一刻都不得閒。

在這個眾人為之咋舌的時間點，偉大的姐姐空出右手，拿起了機器上的飲料送到嘴邊，接著掉頭狐疑地望著我們，只有左手繼續移動，儀表板上的分數努力刷新。

漸漸地，喧鬧的廣場也變得鴉雀無聲了，所有人都放下手頭的遊戲，每座機臺的螢幕都只能落寞地發亮，背景的電子音樂此刻聽起來更像極了委靡無比的弔喪歌曲，唯有投籃機唱分的聲音依舊懸響。

九千九百分、九千九百一十分、九千九百二十分……九千九百九十分……

蹦！

儀表板發出一陣刺目的閃光，數字再也不動了，面板上的霓虹燈不顧一切地瘋狂閃爍。

人們歡呼起來。

「嗚哇！小妹妹，妳好厲害啊！」

「大姐姐超強的，打到一萬分了！」

「天啊，真是奇景，我有生之年居然可以看到投籃機被打到故障，這下我死而無憾了！」

「媽媽，妳在哪裡，媽媽？嗚哇～」

大人、小孩、老人，各自為了姐姐發出不同的讚嘆與慶賀，還有人哭喊著完全不相干的事情，整座會場頓時熱鬧得像嘉年華。

姐姐詫異地陷在人群的漩渦中心，不知所措地摸著後腦勺，咧嘴露出傻笑。

「妳到底是哪裡來的？」

「我煞到妳了，可以告訴我妳的名字嗎？」

人們爭先恐後地想摸姐姐的衣角，鎂光燈在空中亂閃，男人拿出手機毫無節制地拍照，女人露出心醉的表情痴痴望著姐姐……等等，為什麼是女人？

完蛋了，姐姐這下子成了眾人注目的焦點，所有人都在追問姐姐的來歷跟名字。

這片混亂之中，忽然有個人拍拍我的肩膀，我回過頭來，是個身穿黑色西裝的男子。

「你好，聽說你是這位小姐的弟弟，有沒有興趣跟我談談合作？這是我的名片。」

我低頭向男子遞過來的名片望去，心都涼了一截。

「媽呀，是星探。」

「是的，我敢打賭你姐姐一定會紅。」

男子拍胸脯保證，下一秒間人潮忽然湧來，我差點被撞倒，努力穩住腳步，只聽見人群中傳來一陣高聲的叫喊。

「借過，我們是X視的新聞記者！」

「小姐，請妳說幾句話～哎唷，不要踩我的腳，哎唷，小姐妳在哪裡啊？」

「子賢！」

小千神色緊張地拉著我的衣角，在人群推擠中左支右絀，我連忙一把將她環進懷裡，免得彼此走散。

「欸，先生？」

星探看見我想離開，連忙上前拉住我，被我一把推開。

「煩死了！」

「哇啊！」

這名星探大叫一聲跌入人群中，撞倒了新聞記者，記者一跌跤，巨大的攝影機也像強力的武器般在人群中掃了一圈，遇者紛紛走避，人們像骨牌一樣倒下，混亂如漣漪一般散開。

這陣混亂正是我所期待的，我拉著小千，衝進前方那暫時的缺口，奔往身處漩渦中心的姐姐，姐姐神色緊張地左顧右盼，但緊張中又帶了點得意的欣喜。

「姐姐！往這裡走！」我拉住姐姐的手臂。

「嘿！姚子賢，你回來啦。」

察覺我們離開的意圖，人群一擁而上。

「別讓那位小姐跑了！我還沒採訪到她！」

「把我們的英雄留住吧！」

「別走，你們要賠投籃機的錢！」

「賠你的大頭，死要錢的垃圾奸商，看拳！」

姐姐大笑著推開那些試圖阻止我們的人，他們全都驚懼地像被衝開的保齡球瓶般飛了出去。

我們三人急忙衝向緊急出口，並且在最後一秒關上了大門。

喀嗟！

我上了鎖，接著我們三人不顧一切地拚命往下跑。

「哇哈，哇哈哈哈～好久沒有這麼過癮了！我從來都沒有這麼被人注意過。」姐姐一邊跑一邊大笑著說。

我跟小千都跑得上氣不接下氣，完全沒有辦法回應姐姐的話。

我們回到家了，最後，不管是衝出百貨公司的大門、攔下計程車，還是怎樣坐車回來的過程，我全都沒有記憶。即使坐在車裡，餘悸猶存的我們好像還陷入被人追趕的錯亂，感覺如同不斷地在跑百米賽跑那樣疲憊，就連計程車的司機也對我們投以奇怪的眼神。

「請把今天的一切……呼呼……都當成一場夢吧。」家門口，我邊喘著氣，邊對小千說。

體育系女孩小千已經恢復過來，這時可以很平靜地呼吸，但是她臉上的神色還是相當蒼白，點點頭，走進了家門。

我虛浮地回到家裡，姐姐坐在廚房裡頭，神色自如地倒起了飲料喝。

姐姐回味無窮地微笑著說：「今天真好玩。」

「好是好，可是對心臟負荷太大了。妳差點就被認出來。」

我勉強擠出一絲話來附和姐姐，但我心中其實覺得一點都不好，不，簡直是不安透了！要是當時的會場中有人認出姐姐是一純高中的學生那該怎麼辦？

「是啊，幸好沒被發現。呵呵，要是被爸爸媽媽知道我這樣胡搞的話大概會被打死。」姐姐頗有自知之明地說道。

接著姐姐沉默下來，喝了一口飲料。

「被人們簇擁著——原來這就是當一個英雄的感覺。」

我訝異地看著姐姐，這下子卻無話可說了。

今天書也沒讀，預計要幫姐姐搭配衣服的計畫也沒做，吃過晚飯，我回到房裡，直接躺倒在床上想要休息。

希望爸爸媽媽沒看到今晚的新聞才好，不然就是祈禱那些記者的攝影機統統壞掉，影像播不出來。

我躺在床上，覺得筋疲力盡，這時我的手機閃爍螢光，原來是收到一封簡訊，我無力地打開來看了一看。

寄件者是幻象隊長。

簡訊的內容很簡單：「萬智博士已成功開發出下一代怪人，明天傍晚一純高中外美食街見。」

這真是個振奮人心的消息？

怪人刺河豚，爆炸登場

日落時分，昏黃的光線映照著學校外的紅磚圍牆，天空晚霞燦爛，放學的人潮已經逐漸散去，美食街上流連著許許多多為了等待補習而需先填飽肚子的學生。

我依照原訂的計畫來到美食街，卻只能遮遮掩掩地躲藏在店舖之間的小巷子裡，不時探出頭來窺視一下周圍以及學校的方向。

視野之中完全找不到幻象隊長以及萬智博士的蹤影，我不由得在心底破口大罵，到底是怎麼一回事？但是我又很難從這小巷子中脫身……

這不是很顯而易見的嗎？我這樣一個穿著黑色大披風，臉上又戴著古怪面具的存在，如果大搖大擺地行走在街上，過不了多久就一定得去見警察了吧？

小巷子裡頭又陰又濕，一股臭味不斷撲鼻而來，披風的下襬也沾滿油脂和泥水的混和物，很難洗乾淨，我有苦難言，更不要說一直被蚊子叮咬了。

口袋裡的手機忽然在此時震動起來，我連忙拿起來一看，一看到來電顯示的號碼就不由得怒火沖天。

「喂！幻象，你們在哪裡啊？」

「學長，我們才要問你在哪裡咧？怎麼都看不到人影啊？」

幻象隊長若無其事地說：「我跟博士就在瑪奇農咖啡靠窗的那一排座位啊！」

什麼？我大吃一驚，抬頭望向街的正對面，整條街上最寬敞明亮的美式咖啡廳，那總是一塵不染的纖淨玻璃後面，赫然坐著兩個熟悉的人影。

幻象隊長正一邊悠哉地啜飲著咖啡，一邊拿著手機說話，而身穿白袍的萬智博士則正忙著跟旁邊的顧客交談，那還是兩名妙齡少女，只見他們三個有說有笑的，不斷對著美女桌上的筆電指指點點。

「你、你們怎麼會在那裡？」

話說他們兩人就這樣肆無忌憚地穿著黑白大斗篷，臉上戴著面具去咖啡廳裡面閒坐嗎？他們這副模樣一定已經被一百萬個人記在腦海裡面了吧？

「萬一被人認出來了怎麼辦？」我緊張地說著。

「我們有戴面具，不用擔心吧？喬裝打扮不就是為了應付這種情況的嗎？而且我跟他們說我們是要去參加化裝舞會，俗話說藏木於林嘛！看過我們的人肯定會忘記的。」

這、這是什麼歪理？這小鎮上哪裡來的化裝舞會啊？

「對了學長你趕快過來喔，我們要準備讓怪人現身了。」

幻象隊長說完就掛上了電話，我真的是什麼辦法都沒有了，只好從藏身的小巷裡頭走了出來，小心翼翼地朝著咖啡廳前進。在路上我忽然看見對面有一個跟我一樣遮遮掩掩的傢伙，不斷地注意著往來行人前進著，來到咖啡廳的門前，我與這個人打了照面，同樣尷尬。

「呃，你也來了，厄影參謀。」

「嗨……我們一起進去吧，冷夜元帥。」

我把心一橫，就此推開咖啡廳的門板走了進去。好，不在意，要心如止水，要平靜，要把那些店員跟顧客們朝我們投來的莫名視線全部當作空氣。

我一步步鎮定自若（？）地邁出腳步。

「嗨，兩位，你們終於到了。」

幻象隊長熱情地朝著我和冷夜揮手，為我們拉開身旁的座椅。

「特別幫你們留了位置，咦，學長學姐，你們不去點飲料嗎？」

「點你個頭啦！」

冷夜元帥毫不留情地賞給了幻象隊長一記栗爆，這一記終了，感覺她依然餘怒未消，但是冷夜也沒辦法再多發什麼脾氣了，大口深呼吸了幾下，氣空力盡地坐了下來。

「你們就這樣大搖大擺地，穿著這一身服裝喝咖啡？我的天啊，我什麼話也不想講了。」

我坐在冷夜元帥與幻象隊長中間，心想應該稱職地當起彼此之間溝通的橋梁，於是我問道：「好了，現在可以讓我們看看博士的研究有什麼成果了吧？」

「當然，喂！博士，現在就是你表現的機會呀！」

「啊？喔喔，好。」

萬智博士連忙點頭，和美女顧客告辭，回頭從公事包中取出了筆記型電腦，當眾在我們面前展示起來。

「這個呢，我這次研發出來的是怪人刺河豚，那個，我想說河豚的身體形態，對於巨大化呢，應該能起到一些作用。」

萬智博士一邊講解一邊猛擦著汗，不知為何，我總覺得他這次的模樣顯得相當沒有自信。

萬智博士這次介紹怪人的作風與平常大相逕庭，我心裡不由得升起一絲擔憂，而冷夜元帥則是相當專注地聽著萬智博士的解說。

「這隻怪人，呃，刺河豚呢，擁有膨脹自己身體以後增大身上尖刺的能力，他的那身刺跟硬皮能夠像甲冑一樣地保護自己。」

「那麼他可以抵擋得了繁星騎警的攻擊嗎？」

「應該是可以。」

「應該？」

「哦不，喔，我說錯了，是絕對可以。」

萬智博士連忙改口，這才讓冷夜元帥滿意地點頭。

「現在時間也差不多了，把他放出來讓這條美食街上的愚蠢民眾感受一下黑暗星雲的恐怖吧！」

「好、好的，怪人刺河豚，出動！」

萬智博士按下操控程式的確認鈕，不一會兒，外頭的街道上傳來一陣夾雜著恐懼與驚訝的尖叫聲。

「哇啊～有怪人啊！」

「黑暗星雲，一級警報！」

嗚嗚嗚嗚嗚——警笛聲瘋狂大作，我們看到街上的人們倉皇地逃命，或者紛紛竄入就近的建築裡。攤商急忙收拾物品，棄下流動商車走避，街上的騷動越滾越烈。

「客人們，請趕快趴到桌子底下避難！」

咖啡廳裡的廣播也在此時響起，我們四人識趣地跟著其他客人一起假裝避難，實際上仍是十分關注著外頭的情況。

怪人刺河豚在遠方出現，他隨手將小販的推車高舉過頭硬甩出去，砰！接著刺河豚一一地把平時就擁擠在道路周邊的違法攤販全都破壞了一遍。

這還不夠，刺河豚鼓足了氣，一口氣吹出宛如小型颱風般的強烈氣流，把街上時常存在的那些紙屑垃圾全都吹了起來，充滿著塵土汙物的旋風一路從頭吹到尾，狂風肆虐過去，街上的景象立刻變得煥然一新。

這真是驚天動地、除舊布新的一次巨大破壞，刺河豚的威力果然不同凡響。

忽然，刺河豚停下了腳步。

因為他看到了街道的末端還有一個人。

是誰膽敢在怪人出現壓境的時候還不避退，非要這般明目張膽地捋虎鬚不可？

我聽著身旁的冷夜元帥發出有些咬牙切齒的聲音，同時刺河豚也認出那個人是誰了。

「繁星騎警。」

刺河豚傲慢地說：「早就知道妳不會對我的出現坐視不管，但我跟先前那些被妳打敗的二流貨色是不一樣的，我乃怪人刺河豚。」

「哦？刺河豚，說出這種大話，不知道你又有什麼本領呢？話先說在前頭，危害小鎮和平的傢伙，我是一個都不可能放過的。」

「馬上就讓妳知道我的厲害，看我的絕招吧！」

說完刺河豚猛吸了一口氣，拿出預藏的針頭朝著自己用力注下。

「一定要成功啊，刺河豚。」這時我聽見身邊的萬智博士小小聲地祈禱著說。

刺河豚的身體猛然地膨脹起來了！他的身體在藥物的催力之下越變越大，很快地變成了兩個人高、三個人高——

刺河豚的眼裡布滿血絲，全身肌肉也在劈啪作響，他低著頭，得意地望著繁星騎警說：「哼哼，怎麼樣，看到我這一副巨大的身軀，妳一定嚇傻了吧？」

這時巨大化藥劑的效力已經接近完成，刺河豚的眼珠子突然鼓了起來，他的身軀就像是繃到極限的手球般變得圓滾滾的，自喉嚨間不停地發出痛苦的哽咽。

砰！然後他就爆炸了。

「咦？」

繁星騎警站立在街道中央，望著如雪片般點點飛撒的河豚刺身，一時之間竟然也不知道該如何是好。

「我什麼都還沒做啊。」她攤開雙手，有些詫異地說。

「繁星騎警，妳又再一次救了我們！」

「繁星騎警太棒了，讓我們為了偉大的英雄歡呼！」

「繁星騎警萬歲！」

居民們一個個地從建築物裡探頭探腦地望了出來，等到他們發現危機已經過去了以後，便一齊高興地跑到街上慶祝。

「萬智博士，這是怎麼一回事？你最好給我一個解釋。」

冷夜元帥憤怒地盯向萬智博士，萬智博士的臉色這時就像紙片一樣地蒼白。

「我、我、我也不知道啊！」

萬智博士的牙齒不停地上下打顫。

「天啊～我就知道，不可能成功的，低等生物的身體太脆弱了，不可能成功巨大化的，我該怎麼辦？完了，我已經沒有退路了。」

我暗叫不妙，萬智博士已經開始歇斯底里起來。

「博士，你先冷靜下來。」

幻象隊長和我連忙極力勸慰起萬智博士，冷夜元帥也面露不安的表情，稍微軟化了咄咄逼人的態勢，可是，一切都已經太遲了。

「嗚哇，我什麼事情都做不好，我是一個沒有用的廢人！」

萬智博士崩潰地發出大喊，緊接著頭也不回地衝出門外，我跟幻象隊長急忙起身追趕他，可是一來到了外頭，就發現整條街上都是忙著狂歡的人群，場面嘈雜喧鬧不休，萬智博士已經混入了人潮之中，再也找不到了。

「這、這下怎麼辦？」

慢了我們一步的冷夜元帥這時才從咖啡廳裡走了出來，臉上仍然一副尚在震驚中的表情。

「怎麼了，你們追到博士了嗎？」

「沒有。」

我們沮喪地搖搖頭，隨即幻象隊長的聲音高亢起來。

「冷夜元帥，還不都是因為妳，如果不是妳故意要給博士那些壓力，也不會害得他現在想不開，我看妳要怎麼負責！」

冷夜元帥緊咬著下唇，僵硬地承受幻象隊長的指責。眼見幻象隊長越說越激動，我只好伸出手來制止他，並且投出一道遏止的目光。

「學長？」

「別說了，幻象。」

我神色凝重地說：「這件事情就先這樣子吧。」

「可是……」

「冷夜也不是故意的，難道你以為她心中的歉疚會比你還少嗎？」

我望向冷夜，強撐著不發一語的她從目光裡透露出一股深深的自責與難過，只是倔強地隱忍不發。

「我們先回到總部以後再做打算吧，也許等博士頭腦冷靜過後會回去那裡。」

「好吧，也只能這樣了。」

幻象隊長喪氣地垂下了頭，我們三人就這樣無精打采地走在路上，一路回到了黑暗星雲。

結果我們從那天起就再也沒有看見過萬智博士。

黑暗星雲中頓時缺少了侵略計畫中的樞紐人物，落得好一段時間裡開會都不知道應該做些什麼事，這時我們才體會到原來萬智博士在組織中的存在是多麼重要，平時他總給人一種不修邊幅的研究宅的印象，但其實他才是侵略計畫中的靈魂。

又是內容貧乏的一日，會議結束，由於根本沒有議題可以檢討，即使討論出了侵略的計畫也沒有怪人可以執行，本日黑暗星雲的例行會議就在冷夜元帥有氣無力地宣布散會之後草草結束了。

眾人散去之後，冷夜、幻象與我依然繼續留在會議室裡頭，疲倦地攤在椅子上。

「唉，還是沒有消息嗎？」

「對啊，簡直就像人間蒸發一樣……不知道博士到哪裡去了。」

「這星期以來我跟幻象已經找過了各個博士有可能去的地方，但是還是一無所獲。」

「真是可惜啊，博士要是知道了他開發出來的怪人刺河豚在侵略行動中造成了空前絕後的大成功，他一定不會覺得這麼難過。」

「你說空前絕後的大成功？這是怎麼一回事？」

幻象隊長訝異地看著我：「學長難道你不知道嗎？那天晚上一純醫院的急診室大爆滿，聽說大家都是吃了河豚生魚片導致食物中毒。」

我聽完之後苦笑了起來。

「這還真是……意想不到的成果啊。」

「就是說啊。唉……」

這話說完，幻象隊長又陷入了長吁短嘆。

冷夜元帥似乎覺得眼看這樣下去不是辦法，振作起精神來說：「不管怎樣，我們還是要繼續找下去，接下來這個星期你們還有什麼時間有空嗎？我們要來分配一下找人的時間。」

「我一直都很閒啊。」

我瞥了一眼舉起手來的幻象隊長，難道這傢伙都沒有打工以外的事情可做嗎？

「厄影你呢？」

「呃，我……我這個星期日有事情，所以無法幫忙尋找博士。」

這個星期日，我已經和小千約定好要去遊樂園玩了，這件事答應在前。

「可是這段時間內也不知道博士會不會發生什麼意外，學長不能夠把事情排開嗎？」

「抱歉，無論如何也抽不開身。」

「是現實生活中的事嗎？」

「嗯，是的，抱歉。」

我又再一次地道歉，冷夜元帥點點頭。

「那好，這個週末就由我跟幻象繼續調查行動吧。」

冷夜元帥似乎覺得自己對萬智博士的出走必須負起很大的責任，對於這部分的事情總是相當地積極，對比她過去的不近人情和嚴肅，讓我感覺到，她似乎漸漸開始有所改變了。

接著當我轉過頭去看見趴在桌上的幻象隊長的時候，他露出了一臉不情不願的神色，一張一合地用嘴型無聲地對我說：「蛤～要跟這個臭婆娘一起行動喔？」

「別這樣，她好歹也是你學姐。」我這麼回答他說。

「唉～」

坐在書桌前的姐姐，三不五時地就嘆起氣來。

我坐在姐姐的腳邊，放下書本，無奈地看著姐姐的背影。姐姐會這樣唉聲嘆氣的，原因還是因為模擬考考砸了。

雖然有我精心替姐姐準備的私人家教課程，可是因為上個星期日一整天都在逛百貨公司遊玩，加上接下來我又為了處理萬智博士的失蹤而忙得焦頭爛額，這樣的情況下，實際上認真在上課的日子也只有兩、三天而已。

在來不及準備的科目上，姐姐果不其然地中箭落馬，也因此被媽媽扣掉了半個月的零用錢，甚至還扔給了姐姐兩大本的參考書，威脅她如果不做完就別想拿回零用錢。

「姐姐，不要難過了啦，至少妳這次的成績有很大的進步啊，國文、歷史跟地理都考到了均標的水準，比起上次已經好很多了。」

「哎唷，這種話你跟我講又沒有用，要跟老媽講啊！」

意思是要我去跟媽媽求情就對了，但是這點實在有難度，雖然為了姐姐要我上刀山下油鍋都沒問題，但是板起了面孔的媽媽可是比任何妖魔鬼怪都還要恐怖。

「唉，竟然要我寫完這一整本的數學練習題庫，我連一題都不會寫，老媽怎麼不乾脆殺死我算了。」

姐姐把筆扔到了一旁，決定完全放棄，接著就趴到了桌子上面。

「嗚嗚，我好想去遊樂園玩喔，本來打算趁著考完的這個星期日去的，這下子完全沒有希望了。」

我不敢跟姐姐說我這星期日就要跟小千去那裡。遊樂園，這個名詞聽起來就像是會觸動姐姐情緒爆發的大地雷。

「這個週末一定會很無聊啦～」

姐姐埋怨道：「怎麼黑暗星雲從上次那隻奇怪的河豚以後就都再也沒有惹事了呢，討厭死了，平常不想要他們出現的時候偏偏一個接一個地出現，現在希望他們出現，卻都不知道跑哪兒裝死去了。」

「姐姐妳可不要把自己的幸福建築在小鎮的痛苦上啊。」

「要是繁星騎警必須出動的話就可以出門了啊，還有正當理由不必寫功課。」

沒想到打擊怪人居然變成逃避作業壓力的藉口了，我們小鎮的英雄雖然可以輕鬆自在地打倒怪人，卻對擺在眼前的數學課本感到束手無策，高中教育根本是比怪人更難纏上一百倍的恐怖存在。

「可以打倒怪人，卻打不倒考試啊。」

姐姐瞥了我一眼說：「腦袋聰明的人真好，像念書什麼的對你來說一定輕而易舉吧。」

「哪有，姐姐的腦袋又不比我差。」

我反駁：「姐姐只是對讀書沒耐心，假如姐姐肯專心讀書，要拿個全校第一也不是什麼難事。」

「讀書超無聊的，讀書有什麼好?明明就有那麼多可以去做的事。」

姐姐扳著手指頭說：「像是看動畫啦、看漫畫啊、穿穿新衣服啊、談談戀愛啊，要是我可以去做這些事我早就忙都忙不完了，結果我的青春歲月都花在跟一大堆噁心醜陋的怪人打架對戰，我也想跟同學一起去逛街壓馬路，或是找個帥哥來場浪漫甜蜜的小邂逅啊！」

「找、找男朋友什麼的，現在還太早了啦！」我著急地說。

姐姐噗哧一笑。

「你怎麼跟媽媽說同樣的話啊？唉，也不是真的想要找啦，這年頭又沒什麼讓我看得上眼的傢伙，唔~難道我的高中生涯就要這樣無聊地過去嗎？」

總覺得姐姐今天晚上的心情相當煩躁，我小心翼翼地探問：「姐姐妳是怎麼了，有誰惹妳生氣了嗎？」

「沒有啦~只是考不好在藉機發個牢騷罷了！」

姐姐用像是要我不要那麼多慮的語氣說道：「我又不像你那樣，能夠幫自己的房間弄滿整面牆壁的獎狀，也不會被其他社團找出去當打手，我就是什麼才藝也沒有，更沒有值得回味的玩樂經驗。我的青春就好像一張白紙，回憶起來都沒什麼好說的。」

我頓時沉默無語。

姐姐原本就對讀書不拿手，擅長的體育活動又因為父親的教育方針而必須克制自己，說到與朋友一起去外面玩的機會，在我印象中也沒有。為了預防黑暗星雲隨時可能伺機出擊，姐姐就連校外教學也要裝病請假，也難怪她會覺得心裡不平衡了。

「可、可是姐姐妳是鎮上的大英雄啊，沒有人能像妳一樣，飛簷走壁，擊破每次黑暗星雲開發出來的怪人，而且鎮民們也很愛戴妳。」

「呵呵，可是，受到歡迎的是繁星騎警，姚子實只是一個平平凡凡、普普通通的女高中生。」

唔……這下我也啞口無言了。

聽完姐姐抱怨的話語，我也覺得很無奈，但是我卻也一點辦法也沒有。繼承了γ-12星人血統的人不是我而是姐姐，作為地球守護者的接班人，姐姐接受如此嚴苛的訓練，交換的是爸爸跟姐姐能夠留在地球上，讓我們一家人能夠繼續在一起團圓。這是無可奈何的事。

「要是……要是我能跟姐姐交換血統就好了。」我說。

「哎唷！你在說什麼傻話啊！」

姐姐摸了摸我的頭，溫柔地說：「姐姐我可是一次也沒有抱怨過這副體質喔！要不是託這份力量的福，我們全家人也不能像現在這樣快快樂樂地待在一起呢！更何況，我怎麼忍心讓我可愛的寶貝弟弟去跟那些粗魯醜惡的怪人戰鬥呢？」

姐姐的動作好溫柔，輕輕搔弄著我的頭髮，感覺好像回到了小時候，真想就這樣子一輩子不要長大……儘管如此，就算被姐姐摸著頭的我感覺再怎樣舒服，依然無法澆熄我心中的憤慨。

因為若是照著這樣說起來，難道我就忍心讓我最可愛的寶貝姐姐去跟那些粗魯醜惡的怪人戰鬥嗎？在戰鬥中身陷險境的可是姐姐呀！

「但是我是男生，應該要讓我去戰鬥比較合理。」

「這跟是男是女無關啦！保護小鎮、保護弟弟可是我的責任。」

姐姐嘴角勾起了一絲微笑，低頭看著我說：

「因為我是姐姐啊！」

PRODUCTION

姐姐是地球英雄，弟弟我是侵略者幹部

遊樂園裡依然重重危險

07

我對於自己總是如此輕易地被姐姐說服這件事感到有點不解，星期日的早晨，我站在家門口外，抬頭望向天空。豔陽高照，幾朵淡淡的浮雲悠閒飄過天空，飄向遠方的山頭，像是要給那座山峰避暑。

今天早上臨走前，我到了姐姐的房間裡，一邊替姐姐收拾房間裡面的東西，一邊向姐姐報告。

「姐姐，等等我要出門囉！」

書桌上凌亂地散放著好幾本漫畫與小說，全都是主人一時興起拿起來看，興致過後便又擺在那兒不管的結果。閒書看了一大堆，題庫倒是一點都沒有做，這就是姐姐昨天努力了一晚的進展。我把這些離鄉背井、孤兒遊子般的書冊全都放回書架上。

「嗯嗯～呼嚕～一路走好。」

姐姐窩在被子裡翻身打滾，把自己裹成一條壽司卷的模樣，嗯～看上去真是美味……咦？

「爸爸媽媽都已經先出門囉，所以妳要小心看家。」

我趁著還沒長螞蟻之前趕緊掃掉桌子上的餅乾屑屑，然後把洋芋片的空袋子丟到垃圾桶裡，發現垃圾桶裡扔了一雙襪子。

我皺了皺眉，這雙襪子是破掉了嗎？縫一縫應該還可以繼續穿吧？只是我今天應該沒時間去修補它。但是姐姐穿過的襪子難道就不能再廢物利用嗎？不，起碼也能當成收藏品吧，該怎麼做真是教人猶豫不決。

「唔～咪～嗯～啊～嘿！」姐姐發出了一串意義不明的回答。

「早餐我已經放在電鍋裡面了，最好趁還沒涼掉之前下去吃喔。」

方。

我收拾著隨意扔在地板上的衣服跟內衣褲，把它們摺疊整齊並分門別類一一收納在該屬的地方。

「晚點嘛～我今天想要賴床一整天嘛！除非有怪人否則我絕對不要起床。」姐姐耍賴著說。

「今天應該不會出現怪人的，姐姐放心睡覺吧。」

因為萬智博士不在了，黑暗星雲也不可能會有什麼動靜。

地上乾乾淨淨，惱人的雜物收拾完畢了以後，我就拿出濕抹布開始擦起地板來。

「沒有就最好了，英雄也需要休假日！」

「可是在那之前，媽媽交代的作業不是要先寫完比較好？」

「你說什麼？我聾了，我聽不到，我聽不到～」

我笑了笑站了起來，好了，現在房間內每一寸地板都清潔亮麗，家具也都一塵不染，該歸位的、該排列整齊的，都像參加閱兵儀式的軍隊般按部就班，毫不踰矩。

雖然姐姐起床之後會再度把它們弄亂，但是到時候再整理就好了。世界的軌道就是一個不間斷的循環，能夠這樣每天替姐姐打掃房間，就是我最無上幸福的時刻。

「今天我不在家，三餐要記得吃，冰不要吃太多。」

我想想還有什麼需要注意的……

「知道啦知道啦～」

姐姐悶在被窩裡面聲音含糊地說完這一句話，突然用力地把被子掀了開來。

「呼……呼……」

這是當然的，現在可是酷熱無比的夏天，像這樣子把自己捲在被子裡面的話，不一會兒就會熱到受不了。姐姐滿頭大汗地喘起了氣，臉色微微紅潤，好像戀愛了一樣。

我微微笑。

喔對了。

「還有小心，不要中暑了，熱了就開冷氣吧。」我吃吃笑著。

「我真的要走囉，掰掰。」

「掰～掰～」

時間回到此刻，站在家門口外的我，情緒完全不似那晴朗無痕的藍天，我開始擔心起姐姐如果起床吃完早餐肚子還是會餓怎麼辦？中午的時候姐姐自己不會煮飯，她能夠找得到櫥櫃裡的泡麵嗎？要是她渴了的話，我出門前到底有沒有為飲水機加水？可惡我記不起來了……我也不過才出門五分鐘而已，現在回去確認應該還來得及。

我剛想要轉身，小千的家門口便傳來一陣鐵門開啟又鎖上的聲音。

「抱歉，讓你久等了。」小千一面說著一面打開花園車庫的門出來。

我差點不敢相信我的眼睛。

「小千，妳……妳……」

「咦？怎麼啦，我的臉上有東西嗎？」

小千臉紅著連忙摸了摸自己的臉頰，不過當然一點異樣也沒有。

「妳竟然穿的是裙裝！」

是一套白底藍邊鑲著淡綠色小碎花的及膝洋裝，無袖的上身則穿了一件淺紫色的薄絲外套搭飾。然後是小千的腳上，我認識她一輩子以來還沒有看見她穿過運動鞋以外的鞋子，但現在小千的腳上穿的居然是涼鞋，而且還是綴著紅色小蝴蝶結的T字涼鞋，裸露出白皙的腳踝和小巧的腳趾。小千的頭上則是戴了一頂別具夏日風情的草帽。

這件不就是我在百貨公司裡稱讚小千穿起來會很好看的那件洋裝嗎？

「怎、怎麼樣？很、很奇怪嗎？」

小千不安地扭動手腳，一副微微擔憂的神情抬眼望著我，她的喉頭小小地動了一動，應該是在緊張地吞嚥口水。

「不、不會啊，很好看，真的很好看。」

我眨了眨眼，幾乎是下意識地便脫口而出這些話，但即使說了也不會覺得突兀，因為是真心地覺得很好看……這感覺真是奇怪，我竟然第一次覺得姐姐以外的女生很漂亮。

「那、那就好。」

小千笑逐顏開，她那頭清爽俐落的短髮和草帽搭配起來，讓她這幅表情真的很有吸引人的力量，這和留著長頭髮並且總是擺出慵懶模樣的姐姐很不一樣。

「時間有點晚了，我們走吧！」小千泰然自若地說道，走近我的身邊，並且很自然地抬起了手。

不知為什麼，我的手也跟著回應起她的動作，彷彿我本來就該知道這樣做似地。我牽起了小千的手。

牽上去的一剎那，我感覺到手中的柔荑是從未經歷過之物，這麼纖細，這麼柔軟。有一瞬間，小千似乎相當緊張，手部的肌肉全都僵硬起來，但是隨即放鬆下來之後，也就輕輕地握住我的手。我朝旁望去，她的臉上依舊平淡如常。

「嗚喔！」

「喂！你幹什麼？」

「抱、抱歉，我不是故意的。」

沒想到我竟然因為太緊張握得太大力了，我因為深怕挨小千的打而閉上眼睛，同時縮起肩膀，沒想到什麼事情都沒有發生。

小千微微施了力，我的手放不開。

「幹嘛要道歉？」

「咦，不是，這個……」

「牽起來也不奇怪吧，遊樂園的人那麼多，如果走丟了反而麻煩，不是嗎？所以這樣做是正確的選擇吧。」

「哦，妳說得對……呃，可是現在還沒有到遊樂園。」

「囉唆，先牽起來有什麼關係？」

小千發怒地拉著我的手粗魯地往前走，我只好跌跌撞撞地跟上她的腳步。

我們坐公車到遊樂園去，車子在開闊的林間大道上行駛著，兩旁是草木茂盛的綠野，一派生意盎然的景象。

位於一純鎮外郊區的那家遊樂園在上個月底才重新開張，收購者是國內知名的飯店旅遊業財團龍頭，很捨得花錢替旗下的園區打廣告，就連我們坐公車時，也看見車上的無線電視在不斷地播送著遊樂園的特色宣傳。

情人走廊、充滿眷戀與花香的愛情花園、浪漫無比的遊園馬車、能夠完全展現男子氣概保護女伴的鬼屋與雲霄飛車（？），以及傳說中只要搭乘就能夠牽起命運紅線的真愛摩天輪；從以上這段廣告看來，這座遊樂園簡直連空氣裡都充滿了粉紅色的氛圍。

「哎，小千，妳怎麼會想到要來這種地方玩？」我轉頭問身旁的小千。

小千一臉平靜地望著窗外風景，回答我說：「沒有什麼啊，你別想太多，就只是……就只是來玩而已嘛！」

雖然小千說得鎮定，但我看見她的喉間不斷輕顫滾動，想必是在不時吞嚥著口水，這是每當小千覺得緊張時必有的動作，只是我不知她此時緊張的理由為何。

微風不斷地從打開的窗子吹了進來，小千的短髮隨風飄動，我聞到她身上有一縷清淡又獨特的香氣，使得我的心臟怦怦地跳得更加劇烈。

「妳好像有些想睡覺的樣子喔？」

「哪、哪有，沒有啊！我精神好得很。」

小千急急忙忙地澄清：「我絕對沒有因為很期待今天的行程而睡不好覺什麼的喔，絕對沒有喔。」

是喔！畢竟，小千也是成熟的大人了吧，遊樂園……雖然說當然是很有趣，但似乎我們也快過了可以去盡情享受的年紀。我慚愧地心想，心中會因此升起一絲小小雀躍的我，確實應該好好跟小千看齊。

「就只是很普通的星期日而已啦，真的。」

小千繼續強調著，我只好跟她表示我知道了。

我也是心有同感的啊！

可是不知道為什麼，等我一說出來，小千又不高興了。

女人的心思真是使人費解。

過了不久，小千終於承受不了強烈的睡意，靠在我的肩膀上打起盹來，我則觀看著車窗外的風景，陽光普照的平原散發出一股暖烘烘的氣息。

很快地，一座巨大的摩天輪聳立在我們面前。

這座讓小孩子做夢都會期待的遊樂園如今就近在眼前，公車駛進停車場，乘客陸續下了車，我們抬頭展望著園區豪華的門面，然後走到崗亭去買門票。

「兩張學生票。」我說。

「兌換一組情人套票。」

小千打斷了我，並且將一張小小的兌換券塞進售票孔中，不一會兒，裡頭的人確認了真偽之後，把我們的票遞了過來。

我訝異地對小千問道：「怎麼會有這種票？」

「七夕快到了，遊樂園要做情侶的生意，很奇怪嗎？」

「可是，我們不是情人吧？」

「有免費的票可以用，還有紀念品拿，這你也要嫌，很奇怪耶你。」

小千強拉著我的手過了驗票亭，嗚哇，我還以為會被剪票的人攔下，可是他們若無其事地就放我們過去了。

「沒有被發現耶！」

「廢話！」

「大概是我們看起來很像真的情侶吧。」

「是……是嗎？」

我轉頭看著樣子有些害羞的小千，小千忽然動怒並且一腳踢到了我的小腿脛上。

「哎唷！」

「得、得意什麼，你少吃我豆腐。」

實在冤枉啊，小千大人！我疼得眼淚都快飆出來了，小千再度蠻橫地握住了我的手，直直地拉著我向前進。

「走吧，我想玩那個。」

不要第一站就是坐雲霄飛車啊，先嘗試點溫和的東西吧……

「哈哈，好玩，接下來那個，八爪章魚，坐不坐？」

「……好、好啊。」

「那我們走吧！」

「呃，等等。」

「怎麼啦？」

「先、先休息一下吧，天氣好熱，坐下來喝點水也好。」

「唔……真是的，好吧。」

原本興致勃勃的小千聽完了我這番話以後，露出了有些掃興的模樣坐了下來，我們坐在金礦山旁邊的行人座椅上面略事恢復元氣……不，其實需要恢復元氣的大概只有我，小千還是一副精力充沛的樣子。

但是事到如今，請不要對我說出什麼身為男人好沒用之類的話語，換做任何一個人馬不停蹄地連玩了雲霄飛車、海盜船、拋空旋轉、金礦山跟大怒神以後，還能繼續保持強韌的精神，那我真的要打從心底尊敬這樣的人了。換句話說，我正在打從心底尊敬著小千。

空氣中偶爾會飄過來一些水氣和水味，那都是獨木舟刷過金礦山的水道時激起的浪花，同一時間中也會傳過來一些「噫嘻！」「嗚哇！」「媽媽！」「我下次不敢了！」之類的慘叫，彷彿我們的背後就是一幅阿鼻地獄的景象，儘管這鍋裡裝的不是熱油而是涼水，但光是用聽的仍舊讓我覺得腳底發寒。

為了不讓小千感到無聊，我提議道：「妳坐在這裡，我去買冰淇淋給妳吃好嗎？」

「咦，好啊好啊！」

小千高興地答應，於是我朝著賣冰淇淋的小車走去。

咦，這種感覺，怎麼有點像在約會？

幾個人在冰淇淋攤子前排隊著，我也等待著老闆製作我們的冰淇淋的時候，不經意地聽到了老闆跟前面客人的談話。

這兩個男人穿的是跟老闆很像的服裝，仔細一看，衣服上面的配色似乎就是遊樂園的主題顏色，看來這兩個人應該是遊樂園裡的員工，怎麼會在這個時候忙裡偷閒跑來吃冰淇淋呢？

「對了，你們還沒找到那個人嗎？聽說好幾天前，那個傢伙進了園區，結果連續待了快一個禮拜都還沒有出去。」

「還沒找到啊，園區這麼大，有太多地方可以躲藏了。」

「我們遊樂園裡各種設施太充足了，有得吃有得睡，還有地方可以洗澡，敢情這傢伙是把這裡當成旅館了吧！」

「聽說那傢伙穿著像研究員一樣的白袍，臉上還戴奇怪的面具咧！」

「這種來路不明的人也能夠放進來啊，驗票的人在做什麼？不過上頭就是這個樣子，有錢能賺誰不賺？安全的漏洞也不管了。」

「現在可好了，捅出婁子來，高層的那些傢伙不死心，說什麼哪有人拿一日票居然可以連玩一個禮拜，不把他找出來門票錢豈不是虧慘了。就為了這種理由，然後害得我們得在這種大熱天下到處找人，真是件苦差事。」

「對啊，而且偏偏今天又是假日，人那麼多。」

「唉，吃完這支冰淇淋再繼續找吧，今天要是又沒有收穫，回去還得再挨經理的刮。」

「真是辛苦你們囉！」

老闆下了一句評語，接著把冰淇淋遞給了我。

咦，總覺得他們口中所說的人似曾相識？不過我現在心思得全放在小千那兒了，要是太晚回去，冰淇淋融化了小千肯定要生氣，所以我也就沒空細想到底是在什麼地方對這樣的人有印象。

小千仍是坐在原來的地方，看見了我拿著冰淇淋過來，便歡天喜地地接了過去。

「喔喔，挺不錯的嘛，知道我喜歡吃巧克力口味。」

天氣實在太熱了，小千大口大口地舔著冰淇淋。

「你的是什麼口味？」

「香草。」

冰淇淋滑入口腔中的那一瞬間，感受真是沁人心脾，小千忽然探過頭來在我的冰淇淋上面舔了一口。

「哇啊！妳幹什麼？」

「什麼啊，只不過是舔一口罷了，不要這麼小氣，不然我的也給你舔啊！」

「呃，話不是這樣說的吧。」

這是……我猶豫地看著手上的冰淇淋。說實話，借給別人吃個一兩口確實不會少一塊肉，只不過，這樣子……這樣子不就是等於……間接接吻了嗎？

我偷瞄著小千，忽然察覺到我在注意她的小千立刻把眼光轉回到面前的冰品上，這傢伙，腦子裡面到底在想什麼？

我根本猜不出來，只好低下頭舔了一口冰淇淋。

啊～真好吃。

「我吃完了！」小千高興地宣布道，拍拍手上的餅乾屑。

不過我的心情倒是沒辦法跟她一樣好起來，休息時間結束了，這也就代表要繼續接下來的遊樂園行程了吧，我已經很難想像等等還要挑戰什麼危險刺激的遊樂器材了。人類啊，為什麼老是要製造一些對自己的心臟產生負擔的東西呢？

小千低頭專心地閱讀著地圖導覽。

接下來到底是……

就在此時，我的手機鈴聲大作，打開來一看，顯示的居然是來自幻象隊長的號碼。

「抱歉，我接一下手機。」

我連忙站到離小千較遠的地方，然後接通了電話。

「喂喂，是我，厄影參謀。」

「學長嗎？學長你在哪裡？你在忙嗎？我們這裡有萬智博士的消息了。」

幻象隊長劈頭就丟出一大堆問題，似乎在電話那頭也很急促，通常這種說話方式會讓通話的對象感到很不耐，然而他所說的最後一句話立刻吸引了我的注意力。

「雖然還不是很確定，但是據說博士曾經坐上往郊區的公車。」

「他到了哪裡？」

「這點還不清楚，我跟冷夜正在全力追查當中。一有消息會再跟學長講的。」

「我明白了。」

沒想到幻象隊長特意打電話過來就只是為了傳達這份消息……雖然實質上並沒有什麼幫助，但是光是稍微知道萬智博士的狀況，確實就讓人感到安心不少。

「怎麼了，電話講完了嗎？」

「嗯嗯，講完了，沒什麼重要的事。」

我朝向小千走了幾步，忽然又停了下來。

「噢，等等，我再打一通。」

「咦，這次又是什麼？」

「我要打回家給姐姐，看看她起床了沒有，有沒有吃早餐……」

擔心啊！擔心得不得了！還好我有想到。

我正要按下撥號鍵，卻有另一隻手從我這邊奪過手機，是誰這麼不識好歹？我一抬頭，卻看見小千很生氣的臉。

「姚～子～賢～」

我被小千念了又念，念了又念，簡直都快趴到地上去了，可是，這有什麼辦法嘛！一刻不看見姐姐的樣子，我會憂慮得食不下嚥的，啊啊！已經不行了，如果身體裡面的姐姐激素攝取不夠的話，我的內分泌會失調的，我的手腳會漸漸不聽使喚，我的思考也會慢慢地、慢慢地……

「走了啦！你再給我龜在原地嘛！」

小千一個不耐煩的大吼立刻讓我清醒過來，連忙緊跟了上去。哎唷！

小千到底是要走去什麼地方呢？

我狐疑地走在小千的身旁。遊樂園四處都栽植了漂亮的造景，走沒幾步就會看見的長椅、公廁跟垃圾桶等設施，全漆塗了相當清爽的顏色，建築物則採用了休閒感強烈的風格，讓人看了身心舒暢，但是走著走著依然漸漸感到周圍有所變化。

首先是腳下的柏油馬路不見了，地上很用心地鋪了雅致的紅磚道，我們腳邊用來隔開人行道與花圃的水溝也變成了暗藏著亮片與燈泡的小樹籬，草坪上的雕塑品少了冷冰冰的金屬工藝，取而代之的是有著流暢曲線與前衛現代感的彩色石雕，而且花圃間種滿了各種色彩繽紛的植物，不再是單一的綠色草皮，就連噴水器的水也是一陣一陣地充滿花樣地灑了出來，看起來就好像是……水舞？

不知何時，我們腳踩之處變成了五顏六色的炫彩花園，彷彿進入夢幻魔境一般。

我眨了眨眼，發現這區的人們已經不再有人形單影隻地走著，每個人都是身旁挽著一位伴侶，兩兩成對地漫遊散步。

「小千，這裡是……」

「這座遊樂園裡面最有名的愛情花園喔，果然很漂亮。」

咦，這麼說，難道現在這條步道就是傳說中的情人走廊？

「唔……嗯……」

一臉若無其事的小千，呼吸卻變得有些急促，那是因為在這片愛情花園裡面，許多男男女女都黏在一塊做出一些更親密的舉動，哇啊！好像在環境的催化之下，人類就會拋棄所謂的羞恥心這東西似的。

結果就是只有並肩走在一起的小千跟我，在這群人中顯得特別突兀。

我可以明顯感覺得到小千的不自在，所以我把她更拉靠近了自己的身旁，這樣別人就不會覺得我們好像很礙眼了吧？

小千投過來感激的眼神，但一瞥過後，我看見小千的眼底卻又露出了一絲費解的落寞。

「你還真是……體貼啊！」

小千體會到了我的用意。

「是啊，不然很多人都在注意著我們吧？雖然他們沒有說，可是那種目光還是讓人不太好受。」

「你也會在意別人的目光啊？」

「誰會不在意呢……說實話，最好是能夠安安靜靜地過著自己的生活就好。」

我想起了我在學校裡被眾人競相追逐的畫面，然而認真說起來，他們也只不過是想要利用我的某些技能罷了。社團、同學……究竟真的能夠知心、交心的朋友又有幾個呢？

想不到小千居然噗哧一笑說：「哪兒的話，在學校在外面你能裝得這麼紳士，回到家裡就能不顧一切地控姐姐，姚子賢，你這人還真是兩面啊！」

「我哪有控姐姐？」

我反駁道：「我跟姐姐之間，明明就是很正常的姐弟關係，手足同胞相互關心，彼此照顧，為什麼妳每次都要說得很難聽。」

「你是真的不知道還是假的不知道？」

小千睜大了眼睛望著我：「你都不明白你的行為到底哪裡出了問題嗎？」

這次換我睜大了眼睛望著她。

我等待著小千的解釋，但是小千沒有再回答我，而是頗為無奈地嘆了口氣。

「欸，姚子賢，你什麼時候可以變得成熟一點呢？」

「什麼意思啊，妳是說我還不夠成熟嗎？」

沒頭沒腦的，小千的意思我根本無法理解。

「真正成熟的人，是要懂得瞭解別人心意的啊！」

「是啊，這句話姐姐也說過，所以我也一直銘記在心裡面。」

小千搖了搖頭。

「但是你做不到呢，像現在就沒有做到。」

「怎、怎麼會？」

小千的這句話讓我驚訝不已，我慌張地檢視著當下的狀態，是哪裡出了問題嗎？我為了減輕從其他人處投來的目光壓力，讓小千靠近自己身旁，結果反而是弄巧成拙了？完全搞不清究竟如何是好的我，急忙想將身體移開小千的旁邊。

小千拉住了我。

「你幹什麼啦？忽然退得老遠，這樣會害別人都注意到我們的耶！」小千有些嗔怒地說。

咦，難道不是這件事情做錯了嗎？

「所以我到底是哪裡做不對了？」

「哎唷，你的行為是正確的，可是，你的心意卻沒有達到啊！」

「什麼意思呢？」

「說了你也不會明白的。」

「告訴我嘛。」

「真是個笨蛋……你現在看到周圍這幅風景，實際上最想要跟誰在一起看呢？」

我環顧了一下這片風光明媚的花園，說實在，景觀設計得還真漂亮，使人感動。

我不禁脫口而出：「唔，這片花園確實很漂亮，我想姐姐應該會很喜歡吧。」

「就是這樣，說了你也不會明白。我真是白費苦心了。」

小千懊惱地甩了甩手，情緒忽然一下子變得暴躁。

「欸，為什麼嘛？」

但是小千已經拒絕再談這個話題了，高傲的她抬起了下巴，指著前方說：「喏，那個就是這座遊樂園最出名的景點，我們去坐那個吧。」

「咦？」

我抬頭望向小千手指的方向，看見了一個圓盤遮蔽大半個天空，悠然自得旋轉個不停。原來是座摩天輪。

從那麼高的摩天輪頂上俯瞰整座遊樂園……不，甚或是大片地表的景色，那一定很壯觀吧。

「據說圓形的摩天輪是緣分的摩天輪，如果乘坐上去，結果對方還沒有動心的話，那麼就說明了這段感情是不可能的。」

小千聲音低低地說：「就坐這麼一趟吧，看是會有奇蹟出現……還是讓我死了這條心。」

死心？死了什麼心？

我正待開口問小千的時候，小千卻加快腳步，並且拉著我的手，我們匆忙地奔向愛情花園的出口。

我抬頭向上一望，再一次為了這壯闊的景象讚嘆不已。

搭乘這麼高的摩天輪上去，那對心臟的負荷一定很不得了吧？

小千說：「喂！你可別現在才跟我說你有懼高症喔！」

「才、才沒有呢，只是，這座摩天輪真的好高啊！」

「嗯，是啊，據說剛落成的時候曾經挑戰過亞洲最大的摩天輪，只不過沒有成功吧。在我們這種小鎮蓋超大型遊樂園，本身就是一件很不可思議的事。」

是這樣嗎？我聽說，在股市泡沫化以前，國內的經濟都還非常良好，大家賺到的錢多到沒處花，所以才會在一純鎮這種鄉下的地方大興土木，把原本的兒童樂園改建成超巨型主題度假村，但是落成不久就遇到了金融海嘯，福禍興衰真是難以預料。

放眼落去，排在摩天輪前面的長龍同樣教人驚嘆。這大概是遊樂園裡最受歡迎的一項設施吧，所以有這麼多人在排隊，我和小千位在人龍的末端，都排了快要一百公尺了。

而且仔細觀察排隊中的人們，發現幾乎都是一男一女的組合，摩天輪也是一次上去兩個人。

「我發現，大家都是兩個兩個上去耶。為什麼不一次上去多一點人呢，一個車廂那麼大，坐四個人也可以啊！至少節省一半的時間，不是嗎？」

我覺得我真是孤獨的賢者，因為我的真知灼見完全得不到小千的贊同。

「拜託，有哪個人頭殼壞去會願意跟另一對一起坐同一個車廂啊？」

「這樣不好嗎？」

「拜託你用用腦袋想一想吧，為什麼遊樂園要一次讓兩個人上去？」

「呃，因為這摩天輪轉一圈要花不少時間，如果只有一個人上去的話會感覺很無聊吧？」

我試著提出合理的答案，結果小千翻了個白眼。

「不、不然是怎麼樣嘛！」

「沒有怎麼樣，你這傢伙怎麼可以遲鈍成這樣？」

小千指著我的鼻子罵道：「你知道嗎？男人在重視的女人面前都會裝成一副跟平常不一樣的樣子，他們的真正模樣才不會顯現出來，總是想要裝得更聰明、更靈敏，但是你，姚子賢，為什麼在我面前卻顯得這麼笨？」

「妳說我笨？」

此刻我真的震驚了。

「不只笨，而且遲鈍。聽好了，這座摩天輪可是你最後的機會，拿點像樣的東西出來給我看吧！」

「要給妳看什麼呀？」

我真是丈二金剛摸不著頭腦，這時我注意到周圍的視線紛紛投來。

「怎麼了，是情侶吵架嗎？」

眾人竊竊私語著，結果被小千瞪了回去。

「看什麼看？有什麼好看的？」

於是群眾又只好在小千的威勢之下裝作什麼都不知道的模樣，回去做自己的事情。

小千要我自己去領悟該做什麼事情，可是我真的沒有頭緒啊！

只好任由時間一分一秒地過去。

這麼說起來，排隊的時間實在漫長又無聊，幸好遊樂園還算是貼心，我們看到不遠處有小販沿著人龍兜售一些餅乾跟甜點。因為當真沒事可做，有些人乾脆就拿出手機滑起來了。

為了怕無聊的小千心情會更加煩躁，我可得想一點辦法討好她才是。

幸好我買來的餅乾讓小千很消氣，只要一份美食就能簡單地打發，小千就是這點很好相處。

過了很長一段時間，終於輪到我們登上摩天輪。

PRODUCTION

姐姐是地球英雄，弟弟我是侵略者幹部

史上最大的敵人登場

08

喀噠！

這是服務員為我們關上車廂鐵門的聲音。

為了確保乘客的安危，不會坐到半空中忽然廂門打開害得裡面的人掉出來摔死，服務員總是檢查了又再檢查，並且扣上了牢牢的鎖……只不過，這同時意味著，坐在裡頭的客人從這一刻起，也就無路可逃。

如果在這一刻間才忽然拿出醫囑證明，說明自己其實擁有輕微的懼高症，到底來不來得及？我忽然有種衝動，希望能夠拿出一些能夠解釋「並非我不敢，而是這樣做對我的身體確實有害」的東西，健保卡行嗎？

但是就在我猶豫之間，廂門在我面前毫不猶豫地鎖上了。

我的屁股只有稍微抬起了一點點。

「嗯？怎麼？」

小千問我，我則故作鎮定地回答。

「沒事。」

我為了轉移注意力，而思索起如何使用文字描述現在的情況，或是抒發自己的心境，或是發表一句格言……

「生死有命，富貴在天。」

這句話似乎相當地貼切，嗯~好了，就這樣辦吧！

我以大無畏的精神抱起了胸，充滿霸氣地張開雙腿，定坐在椅子上，悠然自得地承受著對面小千顧慮地望過來的狐疑眼神。

摩天輪開始緩緩上升。

「喂喂！抬起頭來吧，你坐這個不就是為了要看風景的嗎？」

「咦，咦？是嗎？我有低頭嗎？好吧！」

唔……嗯嗯……嗯嗯嗯嗯……好高。

「姐姐姐姐姐姐姐……」我小小聲地反覆呢喃著。

「欸，你在那裡碎碎念什麼呢，真是煞風景。」

「咦，有嗎？好吧……姐姐姐姐姐姐姐……」

「氣死我啦，混帳姚子賢！」

小千忽然勃然大怒，從對面的座位上跳著朝我撲了過來。

「哇啊！小千妳鎮定點，會摔下去的啊啊啊啊——」

我再也受不了地驚恐尖叫，車廂因為小千這一魯莽的動作而劇烈搖晃起來。

「哇呼！」

小千自己也嚇了一跳，就在這重心不穩的情況下整個人壓到了我的身上。

「小心一點。」

「呀呀呀——」

小千連忙抱住了我，眼神驚恐未定地望著車廂地板，好像深怕地板會突然跟廂體分開落了下去，我也渾身僵硬地抓著小千的腰部。

不能動，不可以動！我覺得好像現在隨便一動就會超越車廂所能承受的界限，然後我們所在的空間就會應聲而垮似的。

但是過了半分鐘，搖晃漸漸平息了。

「呼……呼……妳幹什麼啦？」

我渾身虛脫地向小千說道，小千這時也才驚魂甫定。

「你口氣這麼凶做什麼？還怪我？」

難不成是要怪我？而且我的口氣有哪裡不好？

「你剛剛嘴裡在喃喃自語些什麼？片刻都離不開姐姐的變態傢伙。」

沒想到反而是小千先凶悍地質問起我來了，我說：「沒有啊，人家不是說覺得緊張的時候只要心中持續念著自己掛念的人的名字，心情就會平靜下來嗎？」

啊，不好，這樣不是很婉轉地告訴小千我會怕高了嗎？我的男子氣概即將蕩然無存。

「那怎麼不是念我的名字……」

不過小千似乎沒有注意到我的破綻，咦，但是她的回答又是怎麼一回事呢？

「妳希望我念妳的名字嗎？」

「才、才沒有……哎～笨蛋！」

「咦？哎唷！」

我又無緣無故被踢了一腳。

「唉，結果到了這個時候還是滿腦子都想著姐姐啊，怎麼會有你這種變態傢伙呢？」

「這樣講好失禮喔，而且就在本人面前。」

「你已經就快瀕臨可以不把你當人看的地步了。」

「什麼意思啊？」

「就是說你跟禽獸只有一線之隔的意思。」

「太傷人了。」

小千因為我的反應而哈哈大笑出來，就在這時，我注意到她人還伏在我的身上。

「啊，你果然是個禽獸，居然這樣吃我的豆腐。」

「拜託，是妳先撲上來的好不好……妳才比較像……像……」

我無論如何也說不出口，拿禽獸來比喻一個女孩子實在太不禮貌了。

「呿。」

小千聳了聳肩，從我身上爬了下來，就這樣順理成章地坐在我的旁邊。

「這樣不會造成重量傾斜嗎？」我擔憂地說。任何可能會對這車廂的穩固性造成影響的行為，全都讓我很掛慮。

「不會啦，這很堅固好嗎，笨蛋。」

「好了好了，我知道了。」

我連忙阻止了小千想要搖晃身體的舉動，拜託，我相信妳了，請妳不需要以實際行動證明。滿天神佛啊，拜託不要再讓這個女人繼續做一些會害我的心臟超載運轉的事了。

「是說，摩天輪裡面什麼都沒有呢，這樣坐進來的人不會無聊嗎？」

我放眼四顧，車廂裡面什麼可以轉移注意力的東西都沒有，為了讓自己停止對於高空的想像，我只好主動找小千聊天。

但是小千對我的起頭只是報以一個不屑的白眼：「那不然你想要有什麼?牌桌?卡啦ＯＫ?電動遊樂器?」

「這、這個……」

「拜託，在這上面就是來看風景的好不好?一起細細地品味，在這個只有兩人獨處的空間裡面……呃，兩人獨處……」

為什麼說不下去了呀?

小千悄悄地用手遮住了臉。

「有什麼好遮掩的啊，妳臉上有什麼東西嗎?」

「不遮就不遮。」

小千賭氣地放下手掌，現在，她臉上的紅暈稍退了一些，但是看起來卻還是跟火爐什麼沒兩樣，藏不住兩頰的發燙。不知道是不是因為天氣太熱了，可是雖然現在是炎熱的夏天，摩天輪裡卻還是有空調設備，坐起來也相當舒適，不應該會這樣。

「小千，妳會覺得熱嗎?不然臉色怎麼這麼紅?」

我關心地問道：「夏天容易肝火過旺，妳有沒有多喝一點水?」

「比起肝火，我覺得心裡面的火還比較會燒咧！」

小千沒好氣地說：「尤其傻得跟木頭一樣的傢伙更是讓心火旺盛的燃料。」

「是哪個傢伙這麼可惡？」

「聽不懂就算了……真不知道你是真的不知道呢還是故意在給我裝傻……我都暗示得這麼明顯了。」

我舉起雙手來，說道：「我可是老老實實、誠誠懇懇的，從來不曾對妳隱瞞什麼。而且說到暗示，妳想要些什麼，不如就直接說出來，我們都認識了這麼久，應該不必對彼此拐彎抹角。」

「這種事情怎麼好意思讓女孩子說出來啊！」

小千大嘆了一口氣：「唉，算了不提也罷。」

「小千，這副拖拖拉拉的樣子不像妳。」

「事實就是這樣，其實不管是誰，總是會不停地因應著人跟環境露出不同的樣子。姚子賢……如果我說我現在這個樣子，從來不曾展現給誰看，只有你看過，你有什麼感覺呢？」

小千忽然認真地注視著我，讓我一時語塞。她是指……現在這副……裙裝的模樣嗎？

這確實也是，小千在學校裡面，還有在我的印象之中，從來就是褲裝派，連我這相識好多年的朋友，也不會想像得到她居然有一天會穿起裙子來。

「呃，這個……這個……我很感動。」

我深怕我所說的這番話會讓小千覺得我很不誠懇，因為我的語氣實在是太木然了。但是這怎能怪我呢？任誰突然聽到這種話都會感到一陣錯愕吧？

「這是什麼感動？一點也聽不出來。難道你就不能說，你也會為我展現出一副特別的樣子嗎？

等價交換，聽過沒有？」

「那，可是，難道要我展現出真實的面貌給妳看嗎？我不知道該如何做，我在妳面前，根本沒有偽裝呀！」

「也不一定是展現所謂真實的面貌，因為誰也不知道真正的自己是什麼。但只要在……只有那個女人看到的時候，展現出只有那個女人看得見的模樣，就可以討得女性的歡心。」

「咦，這麼神奇？」

「因為這會讓女人覺得自己對那個男人是最獨特的呀！好了，我都這樣告訴你了，姚子賢，你至少也得努力表現表現吧！」

「啊，這個，我，我不知道……」

「哼！別什麼事情都拿不知道來搪塞。我早就不對你抱持任何希望了。」

小千這麼說著，眼睛並沒有看著我，而是轉向了車廂外的世界。

我一時不知如何是好，只能跟著小千一同望向窗外的風景。

霎時，眼底收進的光景讓我的心中不禁興起了驚嘆。

喔喔，就在我們打鬧著的這段時間，原來摩天輪已經上升到這麼高的高度了。

一望無際的遼闊平野，在眼前豁然開朗；碧空如洗，點綴朵朵雲絮；底下大地悠悠承載著浮雲的陰影，野風拂過，草木如波浪般地舞曳起來。

城鎮原來只是這巨大拼圖中的一塊，車行過細線般的公路，像螞蟻那般渺小。原來人一旦上升至了高處，再回首下顧，只會覺得紅塵中發生的景象都那麼微渺細碎，不值一提。

頃刻間，我也渾然忘記了自己剛搭上摩天輪時的那種忐忑心情，只覺得能夠來到這裡看見這一番景象，真的是太好了。

「好美啊……」小千不禁低吟著說。

我也因為感動而久久不能言語，我們兩人就這樣暫時忘記了鬥嘴跟其他任何事，專心致志地欣賞著這一片風景。

鈴鈴鈴鈴～

是誰啊！是誰在這個時候打電話過來，真是大煞風景。我連忙翻起手機，檢查來電號碼。

呃，竟然是幻象隊長的電話，幻象隊長這麼快就打了電話過來，難道說是已經有了進一步的消息了嗎？

「抱歉，我接一下電話。」

不過此時的處境卻讓我有些猶豫，我應該在這裡接起手機嗎？狹小的空間內，這通電話的內容不可能不讓小千聽見，可是黑暗星雲成員之間的對話是不應該在其他人面前外流的，倘若讓小千發現我的身分其實是侵略者組織的幹部，她會怎麼想？

但是，實在不能繼續放任不管了，比起這個來，對萬智博士消息的關心更讓我覺得要緊，這份急切感很快地戰勝了我的顧慮。不管怎麼樣，待會在對話中小心不要露出馬腳就好。

我接起電話。

「喂喂？我是呃……咦？」

我故意把厄影兩個字說得含糊不清，心想這樣小千也許聽不懂我在說什麼。

幻象你可要機伶點，我這邊可是有不得已的苦衷啊！

但是電話那頭卻是傳來出乎意料的訊息，應該說，根本沒有人應聲，我傳過去的招呼彷彿石沉大海。

「喂喂？有人在聽嗎？哈囉！」

這是怎麼一回事？

斷斷續續的雜音從電話那頭傳來，一切聽起來似乎很緊急。

「博士，終於找到你了，跟我們回去吧。」

「不、不要過來，你們想把我抓回去開除我對吧？不，拜託，求求你們，只差一點，只差一點我的研究就要成功了。」

「不，博士，不是這樣的，你聽我們說……」

「哇啊啊啊啊——就差那麼一點啊，只要找個好的生體素材……呃呃呃……最好的生體素材，不就在這裡嗎？」

「博士！博士你不要這麼激動，先冷靜下來……不，博士你在做什麼，住手！」

「不，不要阻止我，我要——哇啊啊啊——」

伴隨著淒厲的尖叫聲，就算我沒有目睹那邊的場景，也察覺事態非同小可。

「博士！」

「萬智博士——」

冷夜與幻象的高喊同時在電話那頭響起，我急得像是熱鍋上的螞蟻，究竟發生了什麼事？

緊接著我聽見彼方傳來沙沙的噪音和可怕的碰撞聲響，我隱約聽見幻象隊長的哀號和冷夜元帥同時發出驚叫。

「博士！」

劈里啪啦！

這是什麼物體支離破碎的聲音？

光聽到這聲音的響起就讓我泛起一絲極為不祥的預感。

「幻象！幻象！」

我再也顧不得小千訝然的注視，朝著手機猛吼。

也許是我的吼聲終於喚來了對方的注意，不一會兒，電話那端傳來幻象隊長疲憊的聲音。

「這是……誰呀？咦，學長，我們怎麼在通話中？」

「是不是你剛才不小心按到通話的？不對，這不重要了，你們那邊發生了什麼事？」

「學長，你聽我說，大事不好了！」

幻想隊長的聲音聽起來很著急……我從來沒聽見過他如此倉皇失措。

「萬智博士把巨大化的藥劑注入自己身上，現在已經變身失控了！」

「你說什麼？」我失聲叫道。

「你們人在哪裡？」

「我們就在一純遊樂園裡面。」

「怎、怎麼會這麼巧……我、我也剛好在這裡。」

「學長，我們在辛苦找博士的時候，你居然偷跑出來玩，你是不是身旁還有一個可愛的女孩？」

幻象隊長不滿地提高了音調，可是卻在這個時候莫名其妙地叫了出來。

「笨蛋，這種時候你還在說什麼？電話給我。」

另一個熟悉的聲音透過手機傳來，我瞬間認出，這個較為沉著冷靜的聲音屬於冷夜元帥。

「厄影，你在哪裡？」

「呃，不好說，但我現在人確實在遊樂園裡面。」

「你能過來跟我們會合嗎？我們需要你的力量……拜託了，現在的情況演變得太突然。你放心，我們有帶備用的面具和衣服。」

雖然極力掩飾，冷夜的聲音中依舊透露出一股濃濃的疲倦感。

我知道的，這個人向來習慣勉強自己，這次一定已經把自己逼到極限了，儘管如此還是努力維持著不崩潰的沉穩，但冷夜的話語無疑是在向我求救。

我不能不管她啊！

「我明白了，我會去跟你們會合。」

「好，我們先去追博士，希望事態不要更惡化下去了。隨時跟我們聯絡。」

「明白。」

我掛上手機，焦急地胡亂張望著。

「怎麼回事？」小千關切地問道。

「沒什麼，只是朋友那邊出了一點意外。」

我盡力裝得若無其事，不想引起小千的猜疑，同時心中已經暗暗打算，一等到摩天輪落地就要馬上找個藉口跟小千分別，立刻趕過去。

「喂，姚子賢，你有沒有覺得……好像怪怪的？」

我轉頭望向小千，小千的臉色變得有些不安。

「好像從剛剛開始，景色就都沒有變化過。」

「什麼？不會吧？」

我立刻把臉貼到窗戶上察看周圍的狀況……緊接著，讓我覺得最為恐怖的事態發生了……

「摩天輪……它不動了！」

「哇啊啊啊啊——」

這一刻，我那張臉上到底布滿怎樣恐懼的神情，我自己永遠都不敢想像，小千的臉色唰地一下變得比紙還要蒼白。

我們現在可是身在摩天輪的最高峰啊，這狀況到底是怎麼了？

我瞭望整座園區，發現所有應該運轉的遊樂設施全都不動了，應該發光的招牌……雖然是在白天，但是園區裡面應該還有很多建築會開電燈的吧，可是現在全都一片黑暗。

下一瞬間，我的耳際充滿了驚恐的尖叫聲，即使我們人在這麼上方的高空，依舊清晰可聞。被困在摩天輪上的、海盜船上的、八爪章魚上的，甚至金礦山裡的獨木船，遊客們只能無助地哭喊。

而地面上，人群混亂地奔跑起來，尖叫哀鳴，這全都是因為某樣東西映入了他們眼簾。

——萬智博士。

這真是我能想像到的最糟糕的情況了。

為什麼身在高空的我，可以一眼就認出就是那個人是萬智博士呢？那是因為此刻的萬智博士身形足足有五層樓那麼高，他就像只是經過一張小板凳般地跨過了遊客服務中心，接著扯斷了電線杆……可惡，原來如此，所以整間遊樂園區才會因此而斷電的嗎？

「哇啊！是怪人！」

「黑暗星雲又來侵略啦，大家快逃啊！」

「嗄啊啊啊啊——」

一聲如雷霆般的悍然大吼，遮蓋過了人群驚慌的吶喊，那是萬智博士從喉嚨深處發出來的原始咆哮。一聽到這陣恐怖的怒吼，人們更加驚慌地從萬智博士行經的路線上逃開。

看來萬智博士已經完全喪失作為人類的理智了。

萬智博士破壞著他所經過的所有物體，凡是阻擋在前面的遊樂器材，他全都用大手破壞，踢垮路旁建築，然後一腳把愛情花園踩爛。

他的目標……正筆直地朝著這裡……完蛋了，摩天輪是這座園區裡面最顯眼的設施，也許博士也是本能地受到了它的吸引。看博士的樣子，似乎一點也不欣賞這座巨大人造物體的美感，一心只想把它破壞。

「嘖！這傢伙，可惡，我們逃不了。」

我緊張地握緊拳頭，又再放鬆，使盡每一分頭腦高速運轉，卻怎樣也想不出一個好的答案。

「這該怎麼辦？」

我感覺到衣角被人拉扯著，回頭望去，便看見小千一臉驚慌的表情，她雖然還看著遠方的巨人，但身體已經不自覺地與我越挨越緊。

是啊！這裡可是半空中的摩天輪，如果萬智博士朝著這裡來的話，我們能逃到哪裡去？

我感覺絕望的氣氛正在這座摩天輪中蔓延，因為我聽見到處都傳來人們用盡力氣的長聲悲號，可是這時哭喊有什麼用呢？這座摩天輪現在已宛如一座空中監獄。我看到下方還徘徊著一些人們不願從親友身邊離去，但是面對即將來襲的巨大怪人，他們依舊無計可施。

「繁星騎警——」

「繁星騎警，救救我們！」

這陣哀鳴中，我忽然聽見有人喊出小鎮英雄的名字……但是這個時候，我們還能夠對繁星騎警抱持任何希望嗎？

我想著，姐姐現在應該還在家裡埋頭睡著大覺呢！

「繁星騎警，她會來救我們嗎？」小千也問道。

我該怎麼回答她？

望著顫抖不停的小千，這一刻我心亂如麻。

「子賢……你會害怕嗎？」

小千縱然緊張，卻仍隱藏心底真正的情緒，故作鎮定地先安撫起我來。

「不要放棄希望，對了，繁星騎警一定會來救我們的……一定會來的，只要有怪人的時候，她都會出現。」

可是小千緊抓著我的手臂，拚命顫抖，早已將她心中的惶惑顯露無遺。

「小千……」

「可惡，我可不想死在這裡……你這個怪物，滾到一邊去。」

「小千……」

小千拚命地瞪著慢慢走過來的萬智博士，好像以為這樣用力地瞪著他就會使他改道似的。我不知道這座摩天輪上有多少人也是同樣的想法，好像除了坐以待斃之外，我們沒有其他的路可以選擇。

「我、我，啊啊，真可惜……」

「咦？」

小千雖然一副幾乎要哭出來的表情，可是還是極為勉強地勾起了嘴角，扭曲的面容讓她的臉頓時變得很難看，那是明明很害怕卻還要裝出樂觀豁達的表情。

「我說、真、真可惜，在你人生最後的時刻不是跟姐姐，而是跟我一起死。姚子賢，你很遺憾吧？」

這真是難笑的俏皮話，流露出這種表情的女生，是最難看的女生，而會讓女生露出這種表情的，則是最差勁的男人。

「子賢，就算、就算把我當成你姐姐的替代品……也、也沒有關係……」

小千緊握著我的手。

「至少我們不會孤零零地死去。」

鈴鈴～鈴鈴～

可惡，又是誰，在這種時間居然還打電話。

「學長，你在哪裡？天啊，我們根本攔不住他，喔喔喔喔～學姐妳跑太快了……學長，你快點來啊！」

「我會盡快過去。」

我不由得煩躁起來。

為什麼，為什麼事情會亂成這個樣子？

「厄影，厄影你有聽見嗎？狀況真的非常緊急，你有看到萬智博士現在的樣子嗎？」

冷夜元帥的話讓我渾然為之一凜，我立刻抬頭望向踉踉蹌蹌走過來的巨大化萬智博士。

比起剛才精力充沛的模樣，這時的萬智博士讓我覺得似乎有些……異常？

他好像走得越來越喘，雖然還是一樣咆哮不斷，任由他原始的本能狂暴地破壞著，可是他現在走沒幾步路就必須稍微休息一下，或是遲疑地移動腳步。

這是不是一種疲倦的訊號？

「厄影，厄影，你……呃咳！啊啊！」

某種爆炸聲在電話那頭響起。

「學姐！學姐妳小心啊，可惡，妳太勉強自己了。」

「不行，我……厄影！」

「把電話給我，真是的，學姐妳最好先待在這裡乖乖休息一下。喂喂？學長你有聽到嗎？我長話短說，大魔王陛下說，那個巨大化的藥根本不能作用在人類身上，它會嚴重消耗博士的生命力，再這樣繼續下去，博士的身體會枯竭而死的。學長你快點來跟我們會合吧，不然學姐會先拚掉自己這條命的。」

博士……會死？

別開玩笑了，假如不解決博士現在這個樣子的話，不只是博士，就連我跟小千也會死的。

絕對不能讓這種結局發生！

我轉頭望向小千。

小千依然一副慌張的神色，一時看著我，一時又轉頭過去看著逐漸逼近的萬智博士。但是她眼底所抱持的希望卻隨著時間一分一秒地衰退。

「繁星騎警……」

就在這時，我甩開了小千的手。

「咦？」

小千一副大受傷害的表情看著我，可是我卻說道：「妳的話需要更正一下，我們不但不會孤零零地死，更甚至不會死的。」

「你在說什麼？」

我沒有理會小千，而是立刻著手檢查車廂的構造。

「姚子賢，你是在生氣嗎？」小千瞪大了眼睛看著我。

是嗎，我在生氣嗎？小千用像是看著不認識的人那樣的眼神，透露著她的驚慌。不要再害怕了，小千。

「你……不像平時那個冷靜的你。」小千小心翼翼地說。

「放心吧，我不會讓那個大怪人傷害到妳的。」

「咦？」

「姐姐曾經說過，要作為一個能夠讓女人依靠的男人，穩重、安定、值得信賴，這三件事情是缺一不可的，而且，還要做一個能夠保護女人的男人。」

決心像忽然上緊了發條運作了起來，來得又強又快，因為我不能讓事態繼續這樣發展。

不知何時，我竟模仿起姐姐說話的語調來。

「保護小千是我的責任。」

因為我是……等等，因為我是什麼呢？但是問題的答案很快地在心裡面浮現出來，沒有一絲一毫耽誤到我臉上所露出的微笑。

「因為我是只把這份獨特的面貌留給小千的人啊！」

好吧，這應該就是標準的答案吧！

小千老師，請妳給我一百分吧！

我回過頭來，用力朝著玻璃窗，一拳一拳地砸過去。

砰！砰！砰！

「姚子賢！」小千驚訝地喊著我的名字。

我充耳不聞，繼續重擊著窗戶，厚重的強化玻璃上，逐漸出現了一絲絲像蛛網般的紋路。

徒手打碎強化玻璃，這分明不是人類所能辦得到的事。

可是這時我在體內呼喚的，可不是屬於人類的血。

它沸騰起來，那是沉睡在漫流於我的身體的紅色血液中，另一股原本不屬於地球人的繼承。

都這個時候了，你也應該甦醒過來，發揮作用吧！

雖然我沒機會擁有像姐姐那樣強大的力量，但我也應該能夠遠超常人的，不是嗎，就算只有一點點。

γ-12星人的血統！

咚！啪砰！

綻開如碎花朵般紋路的玻璃窗，終於在最後一次打擊下承受不住，猛然裂散，高空處的寒風怒灌進來，瞬間使得我們的肌膚都為之一冷。

「把衣服穿緊一點。」

我大聲對著小千說，同時解下身上的外衣罩在小千身上。γ-12星之血飽滿煥發的此刻，我的身體早已強健得不畏懼任何低寒。

接著我做出了旁人看了一定會覺得無比瘋狂的一件事。

我爬出了車廂外面。

「姚子賢！姚子賢，你到底在幹什麼？」小千瘋狂地大叫，伸出手想要制止我的舉動。

我朝她大叫：「住手，這樣很危險，妳會害我掉下去！」

小千默默地把手縮了回去，我盡力撫平她臉上不信又驚懼的情緒，意志堅決地對她點頭說道：

「在這裡等我，我一定會阻止那怪人，然後救妳出來。」

接著我低頭沿著摩天輪的支架向下攀爬。

在我身旁呼嘯的是高空裡強勁剽悍的冷風，但是風就像畏懼滾燙的火山般從我身旁避開了，這麼強勁的風能夠把同一高度的尋常人颳走，但是它們一點也撼動不了我的身軀，我強勁的手指緊緊抓牢著鐵杆。

其他車廂內的乘客有的對我高呼「太危險了！」「你在幹什麼？」也有人尖叫，但是我咬緊牙關，只專心做我現在應當去做的事，這些聲響很快地便隨狂風而去。

我抽空稍微看了看不遠處的萬智博士身影，博士已經穿越愛情花園，現在踏平了旋轉木馬的小屋，正狂躁地踢著腳，想甩去殘留在鞋底的那些木屑。他沒有東西可以扶，身形搖晃，滴滴汗水墜落地面，就好像有人拿著一整個浴缸的水從上面往下潑，博士的喘息在我耳中聽起來，也漸漸變得好像哀鳴。

相較於巨大的萬智博士，有兩個小點緊追在他的後面，博士跨出一腳，那兩人就得跑上十幾公尺遠，有點上氣不接下氣的樣子，那一定就是冷夜與幻象。

我深吸一口氣，讓冷冽的空氣充盈肺裡，再次振作精神。不知何時，我對高空竟也不再覺得那麼害怕了，我毫無猶豫地下降，有時候就用跳的。

我的身體內可能在進行著某種劇烈的代謝作用，我覺得肚子餓得很快，心跳卻依然平緩，而且不會流汗，我的體溫也維持在很高的溫度降不下來。

「嗄吼～」

一陣轟然巨響，這震耳欲聾的聲音讓整座摩天輪都激烈地搖晃起來，四處驚叫連連。我一個重心不穩，鬆手朝下方摔落。

「呀啊啊啊啊——」

大難臨頭，還好在下方承接著我的是一片鋼板平臺，我跌到了平臺上面，連忙使出全部力氣止住滾勢，伏在地上，並且觀察周遭發生了什麼事。

萬智博士已經完全進入廣場的中央，只差那麼幾步，就能伸手抓住摩天輪，可我卻還有最後三分之一的路程還沒降下。完蛋了，這下絕對來不及，這一刻我才真正體會到了什麼叫做驚恐。

「博士——」遠遠落後萬智博士的兩人，此時徒勞無功地大吼。

難道，一切就要在此結束了嗎？

殘破不全的旋轉木馬飛上天際，不偏不倚地擊中萬智博士的後腦勺，匡咚！

是誰有能力將一整個鐵製的馬車座椅扔向空中？它在打中目標後仍在空中輕快地旋轉，最後回到了把它扔出去的那個人的手上，那個人像旋著籃球似地用指尖輕鬆地轉著笨重的遊樂器材。

看見那人的身影，摩天輪上的所有乘客都發自內心湧起了歡喜涕零的驚呼。

「繁星騎警！」

身穿的盔甲象徵出擊為了和平與正義，栗色長髮隨風飄逸，別緻面具底下藏著凜然無懼的勇敢眼神。威風八面、雄糾糾氣昂昂地站在那裡，與比自己高上十數倍的敵人對峙之人，正是小鎮的守護神。

「繁星騎警來也，黑暗星雲的怪人，有我在此，容不得你作惡！」繁星騎警威武地宣布道。

「姐姐？」

我也是又驚又喜，卻又摻雜著一點疑惑，姐姐怎麼會在這時候出現在遊樂園裡呢？

萬智博士的注意力被吸引了過去，大概是後腦勺的疼痛讓他不能忽視，然後他見到了繁星騎警的模樣，遲疑了一會兒，接著猛然扯開了嗓子。

「啊啊啊啊啊——」

他的聲音中含帶著無比的憤怒，可能是還殘留著身為人類時對她的痛恨感。

「哦，這次不會自報姓名了嗎？」

博士二話不說，立即用大腳朝著繁星騎警所在的位置踩了下去。這大力一踏，河動山搖，整個地面應聲碎裂，塵煙瀰天而起，可是繁星騎警怎是如此易與之輩？她輕巧地翻了個跟斗，早在巨足壓頂瞬間即俐落避開。

「大傢伙，動作這麼遲緩，看我的——」

繁星騎警舉起右手，那能將鐵條都一擊劈斷的「南十字星手刀斬」迅速無倫地砍向萬智博士的腳趾，但是快刀落處，繁星騎警的手卻被反彈開來。

「啊，怎麼會這樣？」

驚訝於對手身體強大的防禦力，繁星騎警話沒說完，緊接著便是緊張地大叫。博士揮拳過來，巨臂一掃，繁星騎警連忙交叉雙臂，使出「北斗七星連臂枷」來格檔。這個招式是取自某鹹蛋○人使出必殺絕技的姿勢，跟北斗七星完全沒有關係，繁星騎警雖然無法射出光線，卻從中脫胎換骨，改而使用雙臂來進行防守，至今為止不知擋下多少怪人的絕招，可是這一次，這個名震天下的護體招式卻被對手輕而易舉地破解。

「嗚哇！」

質量乘以速度，純粹優勢的體型帶來壓倒性的絕對力量差，萬智博士的這一擊，將繁星騎警打得有如一只斷線的風箏般飛了出去。

「姐姐！」

由於間隔太遠，我的大喊肯定沒有傳到繁星騎警的耳朵邊去，幸好繁星騎警在空中旋了個身，姿態飄逸地落到了一棟建築的上面。

「這怪人，到底該怎麼打倒？」

繁星騎警站在屋頂上面，望著難纏的敵手發愁。

幸虧繁星騎警爭取到的時間，此刻我已經平安落到地表，我一邊匆忙奔跑，一邊撥打著手機。

「幻象、幻象，你們在哪裡？」

「學長嗎，我們就在鬆餅舖的後面，你從北面繞過來，已經準備好你的衣服了。」

「明白了，我立刻去跟你們會合。」

我立即全速奔向他們所指示的鬆餅舖建築，跑到中途卻得先慌忙找個掩蔽物遮掩。

因為此時繁星騎警落腳之處，正是這棟鬆餅屋的樓頂。

幸好她此時朝著南面全神貫注，正苦心思索應敵之法，否則要是一個不小心給她認了出來，我就不好說明這個情況。

我躲躲藏藏，好不容易接近了目的地，鬆餅屋背面廚房的後面出口處，懸掛著一副面具與黑色的大衣。

我先確定周遭沒有人，才趕快上前去穿戴衣服。

不一會兒，我便已脫離姚子賢的面貌，化作另一個身分，此時此刻，在這裡的就只有黑暗星雲最自豪的智囊幹部——厄影參謀。

嘩啦，砰咚！

就在我剛穿好大衣的時候，猛烈的爆破聲從我頭頂上傳來，嚇得我連忙蹲低護頭，往上一看，鬆餅屋遭受了強烈的破壞，巨手扇過整棟建築，混凝土塊紛飛崩落，房屋二樓以上的部分頃刻消失不見。

在一片巨響中，我聽見隱約混雜著少年少女急切的呼喊，卻應該不是繁星騎警所發出，我很確定繁星騎警在萬智博士摧毀這棟建築以前，便躍身出去，躲過了致命的攻擊。

我在泥屑間掩護自己的身形前進，心繫著冷夜與幻象，不知道他們兩人有沒有事？

我巴不得早一步確認他們的安危，於是加快腳步前進。

兩個人影躲在牆角邊緣，注視著外頭發生的景象，看見他們的身影讓我心頭一寬，我從背後接近他們兩人。

「兩位，我來遲了。」

幻象隊長轉過身，又驚又喜地喊道：「學長，你終於來了。」

我點點頭，轉而注視著冷夜元帥。在現在如此緊迫的情況下，冷夜元帥依然維持著一貫沉穩的風格，但在見到我的那一瞬間，她似乎悄悄地鬆了一口氣。

「太好了，厄影，見到你，我總算能放下心中的一塊大石。」

「幸好你們都平安無事。」

我看著冷夜的衣袍布滿了大大小小的破損，手腳上也遍體鱗傷，肯定是一路與博士造成的破壞相抗，拚命跑來。

冷夜點點頭，沉著地說：「現在我們得想個辦法阻止失控的博士。」

「嘖嘖，這次的破壞有夠厲害……我想我們以往的侵略行動從來沒有一次像這樣徹底的吧！」幻象隊長遠望著滿目瘡痍的廣場，若有所感地說。

「我們真的要阻止他嗎？」

「咦，你說什麼？」

「我是說……我們不就是侵略組織嗎？既然這樣，搞破壞不就是我們的主要目的嗎？那麼為什麼我們還要阻止成功的破壞行動呢？」

幻象隊長的說辭讓冷夜與我頓時啞口無言。

「對不起，我說得很直啊……可是，我就是沒辦法不去這麼想……可惡，這間遊樂園我小時候也曾經來過，是我的童年回憶啊！但是，如果每次都沒能進行像樣的破壞，那會讓我覺得加入黑暗星雲以後什麼成績都沒有。」幻象隊長咬著牙說。

「我小時候也曾經來玩過……但是，這並不代表我捨不得破壞它。」

冷夜元帥也猶豫了。

「可是，事關萬智博士的性命……」

「唔。」

「這還需要猶豫嗎？冷夜、幻象，著眼點已經很明顯了，萬智博士跟那些為了侵略而製造出來的怪人是不一樣的，他是我們的朋友。」

「……學長你說得沒錯，我們正是為了救他而來的。」

「過去的事情就讓它留在回憶裡吧，但是現在我們再不動作，就會為未來製造出無法挽回的悲劇。」

冷夜點點頭。

「是的……而且，博士會變成這副模樣，我也必須負起很大的責任。雖然很矛盾，可是不阻止他不行。」

「可是，要怎麼做？」

幻象隊長問道：「博士現在變成了一個超巨大的怪人，憑我們的力量就連能不能動到他一根腳趾頭都是個問題。」

幻象的話相當有道理，就連力量最大的繁星騎警也沒有辦法撼動巨大化的萬智博士一根汗毛了，就憑我們這些普通人類能有什麼辦法呢？

「要是是平常大小的博士，就能夠輕易阻止了。」幻象隊長惋惜地說。

「咦？咦？幻象你說得對。」

幻象隊長剛才的一番話忽然在我腦中興起一個點子，幻象隊長訝異地看著我。

「有沒有辦法讓博士恢復原來的體型呢？衰退的藥？縮小的藥？」

「沒用的，所有的生化藥劑都只有萬智博士配得出來，他是我們組織唯一的生物科學學家……等等。」

冷夜元帥忽然像是想到什麼似的，握緊雙拳高喊：「針筒！提供博士巨大化激素的東西就是針筒裡面的藥劑，博士曾經說過，這種藥劑一旦消耗完畢就會讓受體恢復正常的大小。」

「博士的體型並沒有改變，也就是說針筒可能還插在博士身上的某處。要等到它消耗完畢嗎？那一定來不及的，對了，如果我們拔掉針筒，也許就能強制終止巨大化的狀態。」

我抬起頭，略顯憂愁地說：「可是，要在一個五層樓高的巨人身上尋找一管小小的針筒，這困難度未免也太高了一些。」

「博士把針筒插在自己的肩膀上，他在崩潰自殘的那一瞬間，我有看見整個過程。」幻象隊長插嘴道。

冷夜元帥眼中閃爍著亮光，興奮地拍著幻象隊長的肩膀：「幻象！幹得好，你太有用了。」

「哪裡……哈哈，沒有啦！」

幻象隊長訥訥地摸著自己的後腦勺，在那邊傻乎乎直笑，我急忙截住了他毫無意義的忸怩，將話題導回正軌。

「那麼，知道位置之後，就比較好處理了。只要把這個針筒拔掉……從萬智博士現在的行動看來，巨大化後的身體似乎反應也變得更慢了一些，如果有人從前方吸引他的注意力，就可以讓一個人從背後爬到他的肩膀上，拔掉針筒。」

我跟幻象對看了一眼，彼此心底都有了個默契。

幻象隊長拍拍胸脯，說道：「我來。我的體能比學長更好。」

雖然我並不太願意讓幻象隊長身陷險境，但也不得不同意他所說，因為即便我擁有 γ-12 星人的特殊血統，在身手的敏捷程度上較幻象亦有所不及，看來這個任務只能託付給他。

但是立刻有人對此做出了反對的意見。

「我不同意。」

我們一齊訝異地轉頭，望向冷夜元帥。

「這個任務是最危險的，所以應該由資歷最深的我來擔當。」

「學姐，妳是認真的嗎？」

「冷夜，這種時候妳不要胡鬧。」

但是冷夜元帥似乎沒有要退讓的樣子。

「我再次重申，博士會變成現在這個樣子，我必須要負很大的責任，所以，這個任務非我莫屬。」

看來冷夜執拗得不會想放棄，我和幻象對看了一眼。

「沒辦法了，學長，我看只能讓她了。」

「好吧……但是，冷夜，這件事真的很危險，一有不妥，妳可千萬不能逞強。」

「我會斟酌。」

但是冷夜看上去就不像是會斟酌的樣子，她渾身散發著那種會連命一起拚掉的氣勢，真教人無比擔心。

可是在這種時候我也沒辦法繼續跟她耗著浪費時間了。

我們每多浪費一秒鐘，就多讓摩天輪上的小千置身於危險之中一秒鐘。

我們必須果決地行動。

「衝、衝吧！呀啊啊啊——」

幻象隊長一邊喊著激勵人心的吶喊，一邊進行著衝刺，可是並沒有太多氣勢。

好吧我並不怪他，沒有多少人在面對一個五層樓高的怪人時還能保持不慌不亂餘裕自如的，畢竟對方很可能一個大腳踩過來就將你化為一張肉餅。

我並不想變成一張薄薄的肉餅來度過接下來的人生歲月，同時也為了避免引起繁星騎警的注意，我跟在幻象隊長的後面默默奔馳。

「呀哈，萬智博士，快看過來這裡！」

幻象隊長扯開喉嚨大喊：「這裡有個傢伙剛剛嘲諷你是個沒路用的生技書呆子，還說他用黏土隨便捏出來的恐龍都比你做出來的怪人強，他就在——這裡。」

我的媽呀！我差點忍不住從嘴裡飆出髒話，幻象隊長還刻意加重了語氣，同時用雙手向旁邊比出衝著我來的手勢，沒錯，是衝著我來。

這句極富挑釁的臺詞讓我急忙煞住腳步，心膽俱裂地看向低頭俯視而來的萬智博士，那對陡然露出凶光的雙眼此時聚焦到了我的身上。

「嗚嘎嘎嘎嘎——」

激怒了，他被徹底激怒了！萬智博士發出非常不甘心的怒吼，果然改變了方向。

非得要這樣不可嗎？這明明不是我說的，可是為什麼是我倒楣呢？

兩張大手急速朝我原先所在之處按下，彷彿誓要對我殺之而後快。地板震裂爆碎聲之中，我不知道我究竟對幻象大喊了些什麼，但肯定不會是些好話。

「太糟糕了，博士，沒有打中啊，天啊，他現在一定在嘲笑你是個只長肌肉沒長腦袋的傢伙！」

到底什麼太糟糕了？幻象隊長，你最好也給我適可而止！

我滾到了地上，連大氣都還沒能喘一下，就又連忙爬了起來，狂奔著離開重拳砸落的現場。而在這段期間，萬智博士完全對幻象隊長不屑一顧，只忙著對我窮追猛打，於是幻象隊長找了一個很安全的地方，大肆高喊著我的壞話。

行了，你不要再加油添醋了，幻象隊長，你再繼續捏造下去，我就要見不到明天的太陽了。

「那些不是黑暗星雲的壞人們嗎，到底在那裡幹什麼？」

這幅情景讓站在不遠的高處俯視著我們的繁星騎警納悶不已，不只她如此，我猜就連摩天輪上那群鴉雀無聲的乘客們也都一頭霧水吧。我感覺我們這賭盡生死的作戰計畫已經完完全全變成一場滑稽的鬧劇。

值得欣慰的是，我這跳梁小丑般的舉動確實成功地吸引了對手的注意力，我看到眾人所看不見的陰影之中，冷夜元帥使盡了全部力氣跑向博士的腳邊。

冷夜元帥抓住了博士的褲管，全神貫注地往上攀爬。

行了，她成功了，我一陣欣喜，一不注意就忘記了自己還在被人追殺的事實，就在我停下腳步的一瞬間，我才忽然意識到當下的情境有多危險。

「學長，小心啊！」幻象隊長對我大喊。

我回過神來，發現一道陰影已經當頭籠罩在我的上空，完全沒有閃避的空間。

「哦哦！」

萬智博士每走一步，我就要跑上十步的距離才能躲過他的追打，這樣的情況下我居然會忘形而原地不動，我是怎麼才會蠢到這種地步？

大拳如泰山壓頂而來，光是勁風簡直就要把我壓進地面，我閉上眼睛，本能地舉起雙手擋在頭上，心頭卻很清楚，這一點用都沒有。

我來了，肉餅人生。

唰！

一陣怒風掃過，把我吹倒在地上，我完全沒來得及防備，整個身體跟臉就這樣貼在地上翻滾，還好臉上有面具保護，不然可能要磨成平的。

不管怎樣，當我意識過來，我的小命是保住了。

我調整著卡歪的面具和捲絞在身體上的大衣，狼狽地站了起來，可還來不及為自己的遭遇感到慶幸，就聽見幻象隊長急切呼喊著，奔向殘骸瓦礫堆。

「學姐！妳沒事吧？」

剛才我被博士追趕時，隱約看見空中有一塊小黑點，該不會就是冷夜元帥？

萬智博士發出吃痛的叫喊，一邊努力地抓向自己的背心，這時也顧不得我了。

雖然我全身上下都在發痛，可此時也只得強忍著，先去查看冷夜的狀況要緊。

冷夜元帥躺在鬆餅屋破散的碎石中，奄奄一息地看著我跟幻象兩人，她的模樣不忍卒睹，身上的衣物割破撕裂，露出滿是傷痕的肌膚，面具也破了一大片，底下姣好的面容慘白，正在不斷地喘著氣。

「……幸好你沒事，厄影，在博士快要踩到你的時候，我把一根鐵條插進他的背後，讓他分神了。」

冷夜虛弱地抬起手，我緊緊地握住那隻手，冷夜的手完全沒有力氣。

「對不起，這次我搞砸了。」

「不，不要這麼說！抱歉，冷夜。」

「還能……再讓我試一次嗎？咳、咳！」

冷夜元帥試圖再坐起來，但是她的傷勢完全不允許，她從喉頭發出吃力的吸氣聲，可是她連拱起背部這件事都做不到。冷夜元帥沮喪地發出哀鳴聲。

「不要再強撐了，冷夜，接下來就讓我來吧！」

我感覺心頭有一股強烈的熱流猛烈流竄，我強迫冷夜躺下。

「可是……」冷夜哀求地看著我。

「我一定會有辦法的，相信我。」我信誓旦旦地望著冷夜，對她保證道。

「學長，還是讓我上去嗎？」

「不。」

我搖了搖頭。

「不管我們誰上，都太危險了，現在只有一個人能夠爬上萬智博士的肩膀，並且安然離開。」

「誰？」

我冷靜地說道：「繁星騎警。」

PRODUCTION

姐姐是地球英雄，弟弟我是侵略者幹部

厄影參謀＝姚子賢的正義

09

「怎麼可能？」

冷夜元帥發出驚呼，牽動了身上的傷勢，使她又痛苦地咳嗽起來，可是她不管我們兩人想要安撫她的動作，堅持著把話說完：「這是通敵！繁星騎警是我們的死對頭，厄影，你怎麼可以跟她合作？」

「都這個時候了還管這麼多？」

我指著背後的萬智博士說服她道：「我們在這裡消耗越多時間，博士的性命就越離危險更進一步，現在只有繁星騎警能夠幫助我們解決這個困境。」

「學長，不管你說什麼，我都贊同，只要能夠趕緊救出博士就好了。」

我知道幻象隊長向來都是站在我這一邊的，這時我凝望著冷夜，冷夜元帥吞了吞口水，似乎在決斷什麼。

過了半晌，她嘆了口氣，把頭偏向一邊，說：「好吧，就去吧！希望她真的能夠成功。」

我點點頭。

「幻象，你留在這邊照顧她，我去跟繁星騎警交涉。」

我不留給他們兩人辯駁的餘地，立刻起身，並且衝回廣場。

在我們照看冷夜元帥的這段期間內，繁星騎警又接過了吸引萬智博士注意力的工作，正使出各種不同的絕招試圖打倒他，可是都沒有效果。

繁星騎警的招式也許對同樣大小的怪人有著絕對的破壞力，但是如今萬智博士的體型是尋常人類的十數倍，繁星騎警的攻擊也只剩下十分之一的威力。這時繁星騎警因為屢次出擊不果，仍在場中上縱下竄，尋找敵人的破綻。

我奔向她的位置，並且放聲大喊：「繁星騎警！」

「嗯？是誰？」

繁星騎警注意到了我，一個漂亮的旋身從空中轉下，落到我的身旁，擺出警戒的架式。

「黑暗星雲的無臉怪人，你來這裡是想被我消滅嗎？」

什麼無臉怪人？黑衣面具明明是黑暗星雲幹部的標準配備，繁星騎警怎會認不出來？但是當下我全然沒有心思對她澄清這件事，還是開門見山破題要緊。

「等一下，繁星騎警，我不是要來開戰的。我是來協助妳的。」

「哈？黑暗星雲的傢伙們居然也開始學會講笑話了，你們這些侵略者居然說要協助敵人？」

「妳一個人沒有辦法打倒這個怪人吧？所以妳需要我的幫助。」

「越說越荒謬了，這個怪人不就是你們搞出來的玩意嗎？你們怎麼可能會破壞自己的侵略兵器？好了，我不跟你廢話了，等我打倒了這個怪物，再來收拾你。」

呃……姐姐，不對，是繁星騎警就這樣縱身又躍到了空中，不認輸地朝著萬智博士繼續揮拳。

「吃我這招！」

「喔啊啊啊——」

真是的，到底要怎麼跟她溝通呢？我焦急地站在原地苦思著對策，卻看見場中的戰況有所改變。

萬智博士的表情越發痛苦，肯定是藥劑產生的副作用正在不斷侵蝕他的身體，也因為如此，他的打法越來越凶暴了，現在他每一次揮拳和跺腳，都已經像在宣洩體內的壓力一般，完全顧不得身體的平衡。

在凶猛的力道之下，原本還能堪堪避開攻擊的繁星騎警，陡然變得無法招架。

「姐……繁星騎警！」

看見戰局逆轉，我大吃一驚，被勁風掃落到地上的繁星騎警來不及爬起身，眼睜睜地看著博士巨拳打下。

完了，就算是繁星騎警那超越地球人的強健身體，面對這一擊也不可能吃得消！

正當繁星騎警努力地擺出防禦姿態，想盡可能地承受住這次攻擊的同時，突然看見眼前一道黑影，接著是「噗啦」一聲喊叫，在她還沒有弄清楚狀況以前，就有一個人抱住了她，朝著安全的地方滾落。

那個人就是我。

「喂！你在做什麼啊？」繁星騎警又驚又怒，推開了壓在她身上的我。

「不要這樣抱我，呃……你……」

我的背上重重地接了萬智博士一擊，雖然只是小指頭擦過，但卻也打得我內臟彷彿移位，差點連腰也直不起來。

「你救了我，還為我擋住了他的攻擊……為什麼？我們不是敵人嗎？」繁星騎警吃驚地問道。

「因為我……咳、咳……我需要妳的幫助。聽我說，我……黑暗星雲真的有理由需要打倒這個怪人，我們必須同心協力，才能放倒他……妳聽不聽我說？」

「……我就姑且聽聽看吧。」

「好，我……咳、咳……」

「慢慢來，別急。」

我痛得說不出話，並且一直咳嗽，這時我感覺到身邊傍來一股柔和的溫暖，原來竟是繁星騎警依在我的身旁，並用手撫著我的背部，助我緩和體內的痛苦。

「居然能迎面承接那個巨人的拳頭，你很勇敢，沒想到黑暗星雲中也有你這等人物，看來我必須對你改觀了。」繁星騎警溫柔地說。

過了一會兒，我總算能說得出話。

「巨人的肩膀上有一管針筒，那是他巨大化力量的來源，拔下這個針筒，他就會恢復原來的大小。要登上巨人的身體再安然地離開，只有妳做得到。」

「好，我明白了。」

「我還有一個請求。」

「你說吧。」

「拔下針筒以後，請妳、請妳不要消滅那名怪人。」

我頓了頓，說：「他本來是一名普通人類，因為種種原因而變成怪人，與妳平常作戰的生化怪人是不一樣的，請妳心懷憐憫放過他吧。」

繁星騎警驚訝地直視著我，然後說：「你居然會提出這種要求，看來你雖然為邪惡組織做事，本性卻還不壞嘛。你放心好了，我答應你。」

「嗯，我會替妳吸引怪人的注意力，希望妳一擊得手。」

「放心交給我吧，我可是小鎮的英雄——繁星騎警啊！」

繁星騎警自信滿滿地說完，接著昂然站起，嗚喔！我稍微抬起頭來，結果陽光刺眼得無法逼視，可是在這個時候望見視野中的那一道黑色剪影，卻深深地讓我入迷。

那是多麼堅定而美麗的背影。

萬智博士站在場中，似乎正在為適才大量的運動消耗回氣，但是他如今的心智已經狂暴得再也無法辨清自己身體的狀況，只見他一邊喘著氣，一邊又決定繼續朝著摩天輪前進。

「繁星騎警！」

「繁星騎警，救救我們！」

摩天輪上的乘客聲嘶力竭地哭喊，將希望全部寄託在繁星騎警身上。繁星騎警朝我投來一個信任的眼神，接著慢慢走入萬智博士視野的死角。

我定了定神，接下來，也有只有我能做到的事。

準備好了嗎？厄影參謀。

我使勁地朝著萬智博士奔跑。

「喂！大塊頭，看向我這邊吧！」

我鼓盡全力大喊：「你這個失敗的垃圾科學家，你製造的怪人都像破銅爛鐵，隨便就被摧毀掉，真是笑掉人家大牙！」

啊～結果萬智博士理都不理，怎麼會這個樣子呢？這時我才深深地發覺到原來說挑釁的話讓人生氣也是需要才能的。

幸好這時幻象隊長助了我一臂之力。

「萬智博士，那個人說你的襪子很臭！」

「嗄啊啊啊啊？」

為什麼馬上就有反應了啊？為什麼？

算了，這畢竟也算是值得慶幸的事，至少已經引來了萬智博士的注意力，我誇張地揮動著手臂，繼續加深萬智博士對我的印象。

「來啊！來啊！你抓不到我！」

我使出最玩世不恭的語調，輕浮地對著萬智博士勾勾手指，接著立刻加足了馬力狂奔，萬智博士火冒三丈地狂衝過來，撈起雙臂想要把我攫住，幸好我在千鈞一髮之際逃開。

「嗯嗯喔喔喔喔——」

憤怒的博士，開始瘋狂地破壞地表宣洩。

「呃呃！」

濺起的石塊跟泥土飛撒上了空中，如雨點般紛紛落下來，大塊的泥土好巧不巧地截住了我的去路，我一停下腳步，馬上感到背後吹過一陣陰寒的勁風。

萬智博士大腳踢來，我閉上眼睛，心想：拚了！

接著是猛烈的一陣撞擊，砰！

天啊！好像被卡車撞到一樣，體內的空氣一古腦地噴了出來，在筋骨簡直四散開來的同時，我又感覺身體有一種虛浮著輕飄飄的虛無感——原來我飛了起來。

但是大概是因為腦震盪的關係，我根本無法思考任何事，天旋地轉，金色的星星在我眼前狂轉，我感覺牙齒都要碎掉了。

「小心！」

「我接住你了，啊啊，啊啊！」

呃啊！我撞擊到某種柔軟的東西，耳畔傳來兩個不同聲音同時發出的驚呼聲，聽起來他們好像有些手忙腳亂的，但是還好這個柔軟的東西吸收住了我身上的衝力，否則以剛才的速度，我一定會撞到地上折斷脖子而死。

我睜開眼睛，眼前還是烏漆抹黑的，但是很奇怪，感覺是溫暖的，這是海綿嗎？

金色的星星停止旋轉，終於可以重新看見色彩了。我眨了眨眼睛，從眼前這團黑色延伸上去，是一塊裸露的皮膚色，然後看見半副殘缺的面具跟半張臉。

啊，原來我的頭正埋在冷夜元帥的胸前！

「我快嚇死了，厄影。」

冷夜一副心有餘悸的模樣說：「你差點就要直接撞到地上，還好我們把你接住了。」

我勉強回過頭來，看見幻象隊長拖著我的小腿，同樣也是跌在地上的模樣。

「呼、呼，謝謝你們。呃，對了，繁星騎警呢？」

「沒有注意到她。」幻象隊長搖搖頭說。

我緊張地站了起來，不知道繁星騎警有沒有把握剛才的那一次機會，成功爬到萬智博士的身上……假如沒有，這麼危險的動作我已經做不來第二回了。

眼前的情境驚悚得讓我血脈全都賁張起來，再也沒人能夠攔阻了，萬智博士正伸手推向摩天輪，看他的模樣似乎要直接把摩天輪推倒，上面的乘客叫得呼天搶地，倘若萬智博士得逞，那麼所有的乘客絕對無一倖免。

「呀喔喔喔喔～」

他的手只差一步就能摸到摩天輪了，我張開嘴，卻絕望得發不出任何聲音，小千還在摩天輪的最上面啊。

萬智博士已經在做推出的動作，重心明顯地變換，他的身體開始傾斜，一切就只差那麼一刻。

然後，他撲空了。

不，我看得很清楚，在最後一刻，他的手空揮了一下，顯然是不夠碰到摩天輪的距離，為什麼會這個樣子？

我的疑問很快地就得到了解答，萬智博士慌張不已地左右張望，連他自己也不曉得為什麼會發生這種狀況，但是從旁觀者的角度非常明顯。

他正在逐漸縮小。

「哦哦哦哦哦？」

隨著巨人惶惑的高喊聲，一個身影迅捷靈敏地從他肩膀上跳下，高舉手臂朝著天空做出勝利的姿勢。

「繁星騎警！」

摩天輪那側，人們瘋狂地高喊著她的名字。

從很遠的地方也爆出一陣浪潮般的喝采，那些躲在安全的地方始終看著現場情況的人們，終於也能按捺住忐忑的心緒，紛紛慶祝似地喧騰起來。

「她成功了！她成功了！」

就連屬於黑暗星雲的我們，也為了她的勝利而慶賀，這是多麼古怪的一件事。

繁星騎警一面奔跑著，一面維持著手臂高舉不墜，在眾人的歡呼聲中，就這樣一路奔進了旋轉木馬的殘骸裡頭，從現場消失不見了。

繁星騎警打倒怪人後二十分鐘。

摩天輪終於恢復了運作，上面的乘客也在重返現場的遊樂園工作人員導引下陸續脫離險境，幸好人們都安然無事，沒有任何傷亡。但是仍有幾位因為過度驚嚇而產生不適症狀的乘客坐上救護車，被送往一純醫院，其他人則在原地稍事休息。

整個摩天輪前的廣場被互相慰問的遊客、清理工人、機電工程師、消防與救護人員擠得水洩不通，喔，當然還有記者。他們正忙著採訪著現場中一群驚魂甫定的乘客，想必今天晚上地方新聞上的頭條又將會是關於繁星騎警再次奮不顧身地拯救了一純鎮上的居民。

我也是接受採訪的其中一人。

「來來來，請大家來看，在那麼驚險的情況之中，幸好有一位英勇的少年爬下摩天輪，獨自前往開啟備用電源，這才使得後續的救援行動事半功倍，現在讓我們來訪問他，請問你是如何辦到的呢？」

同時面對一大堆麥克風，還真讓人有點不習慣。

「也沒那麼厲害啦，我只是恰好平常學習過關於供電設備的配電圖，到了緊急時刻派上了用場而已。」

我本來想將姐姐小時候是如何害怕停電，以至於我立下決心要搞懂電線布置的工法以及發電機的原理，以及姐姐長大以後如何變得這般勇敢，就算是晚上不開燈也敢自己一個人睡覺，這些珍貴又有趣的事情在記者面前提出來，可是這些不識趣的記者似乎一點也不想聽的樣子，盡是問我一些當時害不害怕這種無關緊要的問題。哼！真是一群不懂得真正新聞價值的傢伙。

就是諸如此類的一些話，絮絮叨叨個沒完，等到好不容易擺脫那些記者，我走向小千。

小千坐在蓆上，手裡正捧著遊樂園方提供來壓驚的熱紅茶，小千抬起頭來，對我投以感激的眼神。

「沒事吧？現在不用再感到害怕了。」

「嗯，幸好繁星騎警救了我們……還有，你也很勇敢，謝謝你。」小千說著握住我的手。好柔軟的一隻手。

「妳也很勇敢。」

我由衷地這麼說：「謝謝妳相信我。」

小千低下頭，不說話了。

「吶吶吶，你們都沒事吧？」

我聽見聲音，回過頭來，看見姐姐就站在我們背後。

她頭上戴著一頂嘻哈帽，身上穿著皮背心搭白色襯衫跟牛仔褲，十分中性化的街頭打扮。她和小千今天的模樣，恰好與我們去逛百貨公司那天相反。

「姐姐，妳怎麼會在這兒？」我故作驚喜地問道。

「是我從網路上訂票給小實姐的。」

「咦？」

我望向背後的小千。

「我本來想說，如果你跟我來這裡玩會不愉快的話，那麼只要有小實姐的陪伴，應該就會覺得開心了吧……」小千緩緩地說著。

「不過，我很貪婪……我很自私，所以我沒有告訴你，對不……」

「不，我覺得跟妳一起來玩很開心啊。我是說真的。」

「真的嗎？」小千兩眼閃爍著光芒地看著我。

「騙妳幹嘛？」

然後小千難為情地微笑了。

「我也很開心喔。」小千說。

「啊，既然我們三人都碰頭了，那麼下午我們再繼續玩點別的什麼吧！」姐姐這麼宣布道。

「真是的，小實姐，遊樂園都發生了這樣的意外，妳想他們還有心情繼續做生意嗎？」

「不然要怎麼辦？我可是買了門票進來的耶！當然要好好玩它一把。」

姐姐噘起嘴巴，一副意猶未盡地秀起了票根。

「小實姐妳那張門票是我送的吧？」

「哎唷都一樣啦！」

我噗哧一笑。

「對了姐姐，既然妳人都在這兒了，那代表妳的數學作業都做好了吧？」

「你說什麼，我沒聽到。」

姐姐裝聾作啞地把手舉到了耳邊，看了這個動作讓我哭笑不得地聳了聳肩。

好吧，看來回去得先幫姐姐把習題本做完了。

「我們先找沒有被破壞的地方吃午餐好了。」

姐姐提議，小千也點點頭。

「呃，那個，可是我想要先去醫院一趟。」

「咦？」

「你怎麼了？」

姐姐和小千同時訝異地看著我，我遲疑了一下，要向她們兩人說謊讓我內心有股罪惡感，可是這並不算全然不對，我的身體確實受到不小的傷害。

只是我急於脫身。

「我在爬下摩天輪的時候受了一點撞擊，肩膀有點痛，我想檢查看看有沒有什麼異狀。」

「那快去。」

小千催促我說，表情真誠而憂慮：「要是骨頭有裂開什麼的怎麼辦？快，趕快去醫院檢查。」說完把我一路推向救護車。

小千甚至還想坐上來，可是醫護人員說還有其他病患的家屬要乘坐，已經沒有空位了，加上我信誓旦旦地保證說我自己一個人也沒問題，小千才一副不甘不願的表情選擇放棄。

我對姐姐和小千說了一些要她們玩得盡興之類的話，接著救護車就出發了。

姐姐和小千一直到最後都目送著我離開。

我最後並不是出現在一純醫院的急診室，而是出現在這間繚繞著滄桑感的地下室舞廳——黑暗星雲的祕密總部前面。

我用手指頭撫摸著面具，心中感觸良多，真是的，我到底是在地上滾了多少圈？這副面具上的花紋都已經被磨平了，看上去就跟光滑一片沒什麼兩樣。從這副面具上已經無從辨識出厄影參謀的身分，從今以後也只能丟掉了。

同樣地，還有滿是塵埃的衣袍，這兩件象徵著厄影參謀身分的衣著今天陪著我出生入死，一樣也是變得破破爛爛的。但我們終究是圓滿地解決了那道難關。

我戴上面具，從容走進「黑暗星雲」。

漆黑長廊的末尾，是我們拿來當作會議室的空間，如今已有三個人身在此處，裡頭飄散著靛藍色的詭祕浮游燈火。

「啊，厄影參謀。」

我點點頭，朝著先到的人致意。

「冷夜元帥、幻象隊長，抱歉我來遲了。萬智博士，現在狀況好一點了嗎？」

「謝謝你，我現在好多了。」坐在椅子上的萬智博士這麼說著。

我擔憂地皺起了眉頭，他現在感覺上還是十分消沉。

「讓你們這麼費心思救我，真的很過意不去。」

「博士，你不要再說這些話了。」

「不，我是認真的。我製造的生化怪人總是變成繁星騎警的手下敗將，連我自己變成怪人也沒有辦法贏過她，徒增大家困擾。看來我真是一點才華也沒有，像我這樣的傢伙，繼續待在這裡也只是累贅。」

萬智博士一副心灰意冷的表情，讓人看了很難過。

「不要這樣，博士，你當初那個要製造出全宇宙最強大生物的夢想呢？難道你就要這樣放棄嗎？」

「呵呵，幻象，原來你還記得，謝謝你。但現在想起來，這一切不過是酒後的痴人說夢罷了，什麼最強？連繁星騎警都應付不了的東西只能是個廢物。」

「博士，我想，我之前對你說的話也有些過於嚴苛了，你不必因為那些話就這樣否定自己。」冷夜元帥沉默了片刻，也跟著勸說道。

「不，冷夜，妳說的一點也沒錯，只是我過去一直不肯承認罷了。早從被大學趕出來，我就應該有所覺悟，也許我真的不適合做生物科技這一行。」

博士的情緒越說越低落，怎樣都無法阻止他往消極的方向想，就當我們眾人為此無計可施時，室中飄起了黃色的煙霧與閃爍著的神祕燈光。

「啊！大魔王陛下。」

「大魔王陛下！參見大魔王陛下。」

一個身影從煙霧中慢慢浮現出來，我們紛紛對他下跪鞠躬，就連原本一副意興闌珊模樣的萬智博士也非常恭敬地半跪了下來。

黑暗星雲的大首領，大魔王陛下，平時很難得一見他的容貌，這時居然在此現身了。

大魔王陛下是個身材削瘦、大約只有一百一十多公分高的矮小老人，穿著寬大的褐布衣袍，頭頂有些禿，臉上的皺紋則是多到都會遮掩他的表情的地步。他每次出現都伴隨著昏暗的燈光與四處飄溢出來的朦朧煙霧，使人很難辨別清楚他的形貌，可是在我們眼中他的皮膚是綠色的，這究竟是他本來的膚色還是燈光的效果，不得而知。

有時候我都會懷疑，大魔王陛下真的是地球人嗎？抑或者他其實也是某個對地球有興趣的外星人呢？此外，大魔王陛下總是很平靜地聽著我們戰敗的報告，從來不曾露出動怒或煩躁的神色，我也曾對此相當困惑，他是否真的有心要進行侵略？

不管怎麼樣，大魔王陛下走到了我們中間，他極有威嚴地環視了我們眾人一圈，然後輕輕說道：

「你們都起身吧。」

「謝陛下。」

「最近發生的事情，我都已經知道了。萬智，讓我說說我的想法，好嗎？」

「是、是的，陛下。」萬智博士戰戰兢兢地說道。

「我們組織還是很需要你的。」

「可、可是，陛下，我、我知道，當初就是您願意接納我這個沒有別的長處的流浪教授，還讓我有機會擁有一間自己的實驗室。只是，我現在已經有了自知之明，我真的不是做這塊的料，我一直做不出能夠打倒繁星騎警的怪人，因、因為我才害得陛下您的侵略大業一直無法成功，我、我實在對不起您。」

「萬智，你知道你們地球上那位發明燈泡的科學家，歷經了多少次失敗才做出那曠世的發明嗎？」

「您、您是說愛迪生嗎？」

萬智博士說：「如果我沒記錯的話，是一千六百次。」

「是的，那麼，你的失敗紀錄又是幾次？」

「包、包含這次的話，是八十八次了……啊！」

「你認為發明燈泡這件事跟侵略地球，哪件事情比較困難呢？」

「當然是侵略地球，愛迪生所做的事情，怎麼能跟大魔王陛下您的鴻圖大業相比？」

「既然如此，你又怎麼會認為我會將這小小的八十八次失敗放在心上呢？」

「啊，啊，這……這……」

「繼續幹吧，萬智。你要相信你的才華，就如同我相信著你一般，你要更加堅定自己的意志，這才不算了辜負我的信任。」大魔王陛下拍了拍萬智博士的肩膀。

「是、是的，陛下，我以後一定會更加努力的。」萬智博士感激涕零地說。

大魔王陛下點點頭，接著轉了個方向。

「冷夜。」

「屬、屬下在。」冷夜元帥誠惶誠恐地低下了頭。

「應該不需要我再說什麼了吧，我想這次事件過後，妳應該也有在反省了才對。」

「是、是的，陛下。」

「我知道妳很用心在為黑暗星雲的事務規劃，這些任務也辛苦妳了，但是妳要記得，在上位者，應當體恤下屬，剛柔並濟，待人以寬。妳要記住，他們都是妳的夥伴，妳的同仁。妳還會再次因為心中的不如意就對他們提出過分的苛刻要求嗎？」

「不會的，大魔王陛下，我再也不會了。」冷夜元帥字字句句堅定地說道。

大魔王陛下點了點頭。

「嗯，我知道妳不會了，妳向來就是個知錯必改的好孩子。還有，冷夜，在這次的事件中，我想妳應該也發現了身旁其實還是有著能夠信任、託付的好夥伴存在吧？」

冷夜元帥訝異地抬起頭來，視線稍稍轉向，放到了幻象隊長和我的身上。

「是、是的。」

「不需要什麼事都自己一肩扛起來，有的時候把事情交給夥伴，一起合力分擔，不是也挺好的嗎？」

「我明白了。」冷夜元帥說道。

「是啊，學姐，有什麼事情儘管吩咐，我一定會努力幫忙的……就算我做不到，也還有學長在嘛！」

幻象隊長，你不要在這種時候還說話這麼漏氣。

但我同樣也學著幻象隊長的模樣，對冷夜加油打氣說道：「儘管交給我吧。」

這是一句很簡短，但我相信一定能傳進冷夜心底的話，果不其然，冷夜深受感動地點了點頭。

「那就這樣吧，看著你們都經歷過事情而有所成長，我也感到很欣慰。我有點累了，要先去休息，後續的事情，你們就自己看著辦吧。」

大魔王陛下略顯疲態地說完，我們連忙一齊低下頭。

「恭送大魔王陛下。」

大魔王陛下揮了揮手，接著顫顫巍巍地朝前走去。

地板發出幽藍的冷光，像蜂巢似的，有的明亮有的黯淡，空氣中懸浮著模糊不定的幻火，大魔王陛下面前的牆壁彷佛分開來，從中照出一束綠色的光線，這到底是什麼科技？大魔王陛下籠罩在這束光線之中，身影逐漸模糊，不一會兒，就從我們眼前消失了。

也許過程是有些擔憂、有些辛苦吧，但無論如何，我們總算救回了萬智博士，在冷夜與博士相互道歉之後，彼此和好如初，我們四人之間的感情又加深了一點。

對於冷夜，或許從此以後我也更加認識了一點。

雖然她外表看似堅強，我想她其實還是個需要支持與保護的女孩子。

夜幕像一張黑色的巨毯鋪上大地，頭頂上，火紅的天空悄悄地燃盡，剩下漆黑的灰燼，點點繁星從灰燼中綻現光芒。

我回到了家。

「晚餐我在外面吃過囉！」我這麼對媽媽說道，媽媽應了一聲，我便放心地往裡頭走去。

好累，身體好疲倦，今天經歷過的一切實在太瘋狂太刺激，縱然是γ-12星人的血也無法阻止這股深深的疲倦感，我需要立即的撫慰。

所以我直接往臥室走去。

——往姐姐的臥室。

我需要補充「姐姐值」。

比任何鐵錳鋅銅鋇鐳都更加重要，這是生命中最重要的必需品。

簡單的說就是撒嬌啦！

打開房門，姐姐正坐在書桌前面把玩著明信片，一副若有所思的模樣，一看見我，便換上一副高興的笑臉迎接著我。

「喔，你回來啦！檢查的結果如何？」

「嗯，沒什麼大礙。」我秀了秀預先綁在手臂上的繃帶。

說起來我明明什麼外傷都沒有，但是綁了繃帶看起來就很有病人的樣子，這當然也是為了顯示我曾經去過醫院的假象，實際上我是蹺頭前往黑暗星雲的總部。何況，與其去醫院接受治療，不如請姐姐對我說「呼呼~痛痛飛走喔」，我敢保證身體上所有的病痛都會馬上飛到九霄雲外。

姐姐並沒有繼續過問我的傷勢，我們體內的 γ-12 星基因會讓我們身體的傷口癒合得比正常人還要快，所以儘管現在身體上還有些微的疼痛，但是只要等時間過去自然就好了。

我來到姐姐的椅子旁邊，靠著書桌的抽屜坐下，姐姐的手自然地垂了下來，摸著我的頭髮。

我說：「對了，小千呢，平安回家了嗎？」

「當然是回家了啊！你這樣的問法好怪，回家的路上又不會再有怪人。」

「喔，說得也是。」

「今天的怪人還真厲害，差一點就打不倒了呢！」

「沒有什麼怪人可以難得倒姐姐妳啦。」

「不不不，這你就不知道了。唔……唉……」

姐姐欲言又止，忽然自顧自地對著書桌嘆起氣來，我看著她這異常的舉止表現，心裡覺得很奇怪。

「怎麼了嗎？」

「這個……」

姐姐躊躇了一下子，非常小心地環顧著四周，好像在確定有沒有人偷聽的樣子。姐姐，這裡可是妳的房間，不會有其他可疑的人吧？

「老實說，姚子賢，這件事情很嚴肅啊！」

姐姐的眼睛認真地看著我，喔喔！所以說，這件事情是一個祕密嗎？

「我知道了，我絕對不會告訴爸爸或媽媽的。」

姐姐是信得過我，才會把心底的祕密分享給我，姐姐妳放心好了，我絕對會守口如瓶，只是究竟是什麼事情呢？

姐姐的模樣忽然變得有點忸怩，好像在考慮要不要說，表情有些難為情，又有些興奮。

咦，等等，這副模樣我好像最近在哪兒看過，是什麼樣的女孩子露出了這種表情呢……啊，我想起來了。

是小千。

此刻姐姐跟小千一樣，用著頗為害臊的神情坐在椅子上，兩邊臉頰變得紅通通的。

「那個啊，姚子賢，我最近啊～好像開始有些在意某個人了說。」

咦？咦？咦？

轟隆～匡啷～我的耳際忽然雷聲大作！

剛剛、剛剛是我聽錯了嗎？姐姐妳剛剛說什麼？

「不知道這個感覺是不是就叫做戀愛呢……哎呀！」

把心底的話一口氣說出來後，姐姐的周圍彷彿環繞著一片粉紅色的活潑氣息，酸酸甜甜、青春洋溢地縈繞。

可是相反地，我的臉色卻是青得不能再青下去了，這、這、這到底是什麼爆炸性的宣言？夠了，你們這些粉紅色的小天使們，都快點給我消失！

「姐姐，妳是認真的嗎？」

再也沒有比這件事更教我駭然的了，這一定是場夢吧！絕望的我，忽然想要試試看甩自己巴掌的滋味，看能不能夠把自己從這場惡夢中打醒。

「當然是真的啊！喔喔，這種心頭小鹿亂撞的滋味真是新鮮啊，在我最後的高中生涯，終於有機會嚐到戀愛的滋味了呢。」

姐姐開心地捧著臉頰說：「只不過，人家連他的名字都還不曉得。唉，不知道以後有沒有機會再聯絡呢？」

一定沒有，一定沒有了啦！

「妳既然不知道人家的名字怎麼會迷上他啊？」

「這一定就是一見鍾情吧！呵呵～」

不！這一點也不好笑啊，我眼中的血淚都快要流下來了，姐姐啊啊啊啊——

「因為他好英勇，然後個性又很善良，還從那麼危險的情況中拯救了我。嗯，雖然沒看到他的臉，但我猜他一定是個英俊又帥氣的好男生。噢，我心中的白馬王子，我們何時可以再見面呢？」

不行了，我全身早已化為蒼白的石頭了，我再也不能思考，再也不能動彈。現在的我，脆弱得肯定是要一觸即碎的吧。這到底是多麼晴天霹靂的消息啊！

我的姐姐啊～

「啊，媽媽好像在叫我們出去吃水果了。」

姐姐愉快地站了起來，隨即一溜煙地跑了出去。

現在什麼訊息都再也無法傳進我的耳朵裡了，軟了腿的我，猶然在當場呆坐，空洞的腦海之中完全充斥著適才那些驚人的內容，如同跌宕在山谷裡頭的回音。

是誰，到底是誰？到底是哪個該死的王八蛋，居然勾引了我可愛的姐姐？不要跑，我一定要把你揪出來！要是被我知道你是誰，我一定要讓你粉身碎骨，我會把你從頭到腳徹底撕碎！我是認真的，我是絕對認真的喔吼吼吼……

「姚子賢你也快點來喔，不然我就要把水果統統吃光。」

「啊啊，姐姐，等等我啊！」

聽到了姐姐的呼喚聲，我也總算從呆坐中的狀態中回神清醒了，於是我趕快衝出了姐姐的房間，跑向坐在飯廳裡正開心地享用著水果點心的家人們。

在對那個該死的傢伙立下無比殺意以前，至少姐姐目前還是在我身邊的吧！所以，我一定要保護她，我要保護姐姐不受黑暗星雲怪人威脅的同時，也得從壞男人的手中拯救出她才行。因為暗中保護著姐姐就是我等身為弟弟的正義！等著我吧，姐姐！

今日，明日，以及接下來的無數個日子，為了姐姐的戰鬥一刻也不會停止，我永遠都會繼續努力下去！

——《姐姐是地球英雄，弟弟我是侵略者幹部01》完

PRODUCTION

姐姐是地球英雄，弟弟我是侵略者幹部

後記

嗨，大家好，我是甚音。

謝謝大家閱讀《姐姐是地球英雄，弟弟我是侵略者幹部》到這裡，嗯這真是個好長的名字。仿述《龍族》作者李榮道先生的話，《姐弟》雖然被歸類為輕小說，沒有劍與魔法的場景，然後也不是奇幻小說，不過，我想它至少也能夠被稱作是一本隨著跟小市民放在一起的通俗小說。

在寫作這篇故事的過程中，我希望它是在讀者們寶貴的閒暇中被隨意拿起來翻閱，然後感到愉快的作品。希望它能夠被讀者們輕鬆愉快地觀看，並且也能夠滿足到讀者跨越過意識與幻想的水平線後，對於未知世界的憧憬。如果可以的話，你不想有一個能夠飛簷走壁的鄰居或是姐姐嗎（說不定最好是摻在一起變成鄰居大姐姐）？

不管怎麼樣，你所居住的城市裡面其實一直都有一班沒有站牌跟號碼的公車，愉快地奔馳在就連市政府也一無所悉的那條路線，到了終點站去某間賣著夢幻逸品的蛋糕店敲打後門的話，就可以在那裡發現只屬於你的城市的「黑暗星雲」，只是你一直不知道而已。

這是我第二次寫後記了，不過並沒有什麼成長，我既沒辦法下筆成章，也不願意把一篇文章弄得像作文指導範本那樣，讓人想睡覺。但是推薦《姐弟》的閱讀方法，還是點亮房間的燈然後把自己盡可能塞在床裡面，配上點心與飲料，就能舒舒服服地觀看，如果你有姐姐的話，慎重考慮一下到底該不該讓她知道你買了這本書……說不定你的人生會因此而走向完全不一樣的道路！

不管怎樣，我想寫一些會讓人覺得荒誕不經的東西，沒有冷冰冰的現實會限制奇想的發展，這就是奇幻小說的魅力。當然在寫作通俗文學的時候，也沒有嚴肅文學治國平世的繁重道德枷鎖的困擾。我想大多數的我們都只是一些有哭有笑的平凡人，我想為了平凡的我們，謳歌平凡的事物。雖然加進一點點新鮮刺激的元素就更好了，所以《姐弟》裡面參雜了一點點狂想的佐料：孜孜不倦的邪惡組織，我想這有點像是在向我們所熟悉的特攝節目致敬。

《姐姐是地球英雄，弟弟我是侵略者幹部》的出版，有太多人需要感謝，感謝三日月書版給予的機會。感謝一路走來許多朋友們給予的鼓勵。感謝家人的容忍。最後感謝購買本書的你。

額外增添一段由衷感謝我的編輯沒穿褲子先生（其實是個小姐），這位無疑是我看過最優雅大方天生麗質閉月羞花才高八斗玉膚雪肌溫柔婉約德容兼備宜室宜家收之東隅失之桑榆豪氣干雲問答無用的女性了，雖然我從來沒真正見過本人就是。但是無論如何，如果沒有編輯大人的努力，這本書就不可能真的成真，我想必然是居功厥偉，誠摯感謝妳。

最後，歡迎到我的粉絲團分享心得：https://www.facebook.com/blackligature

希望大家在讀完本書之後，能夠不吝給予批評與賜教，那就太感激萬分了。如果各位有覺得稍稍喜歡這個荒誕不經的世界一點，也許接下來還有第二個怪人、第三個怪人的誕生。

此書獻給提供無數寶貴建議的小孟、不曾間斷支持我的Zaffer、以及一位很努力照顧弟弟的姐姐貓薇。

謝謝。

嗯……甚音

高寶書版集團
gobooks.com.tw

輕世代 FW106

姐姐是地球英雄，弟弟我是侵略者幹部01

作　　者　甚　音
繪　　者　兔　姬
編　　輯　林紓平
校　　對　謝夢慈
美術編輯　陸聖欣
排　　版　彭立瑋
出　　版　英屬維京群島商高寶國際有限公司臺灣分公司
　　　　　Global Group Holdings, Ltd.
地　　址　臺北市內湖區洲子街88號3樓
網　　址　gobooks.com.tw
電　　話　(02) 27992788
電　　郵　readers@gobooks.com.tw（讀者服務部）
　　　　　pr@gobooks.com.tw（公關諮詢部）
傳　　真　出版部　(02) 27990909　行銷部 (02) 27993088
郵政劃撥　19394552
戶　　名　英屬維京群島商高寶國際有限公司臺灣分公司
發　　行　希代多媒體書版股份有限公司/Printed in Taiwan
初版日期　2014年10月

國家圖書館出版品預行編目(CIP)資料

姐姐是地球英雄，弟弟我是侵略者幹部/ 甚音著. -- 初版.
-- 臺北市：高寶國際, 2014.10-
面；　公分. --

ISBN 978-986-361-058-8(第1冊：平裝)

857.7　　103015672